Adina Stephanie

Malikai

Volumul 2

Bookzone.ro
BUCUREȘTI, 2019

Descrierea CIP a Bibliotecii Naționale a României
ADINA STEPHANIE

Malakai / Adina Stephanie. - Bucureşti : Bookzone, 2019

2 vol.

ISBN 978-606-9008-14-0

Vol. 2. - 2019. - ISBN 978-606-9008-19-5

821.135.1

Editura Bookzone

Șoseaua Berceni, nr.104, sector 4, București

Redacție: 0774.091.579

Distribuție: 031.433.51.65

office@bookzone.ro

Grafică: Răzvan Mera

Pentru că mă faci să simt lucruri, Hannah

— Îmi pare rău, șoptește puțin năucit. Și mulțumesc.

— E în regulă, clipesc repede și derutată, apoi îmi iau geaca și încerc să mă ridic, dar Malakai mă prinde de încheietură, forțându-mă să stau locului.

— Ce faci?

— Plec, spun pe un ton care sugerează că ar trebui să fie mai mult decât evident.

— De ce?

— De ce? mă încrunt. Pentru că ai spus că îți pare rău și...

— Nu-mi pare rău că te-am sărutat, dacă la asta te gândești.

Ei bine, pentru o fracțiune de secundă, m-a privit de parcă îi părea rău că m-a sărutat. E logic că nu mai știu ce să cred.

— Îmi pare rău pentru că a trebuit să asiști la discuția dintre mine și Amelia.

Nu am niciun răspuns la asta.

— Și pentru ce mi-ai mulțumit? Pentru sărut?

Întrebarea mea îl face să zâmbească și, încetul cu încetul, am impresia că fac cunoștință cu Malakai. Adevăratul Malakai.

— Pentru ce ai spus, Anna.

Încerc să par furioasă pentru că mi-a spus din nou Anna, dar după sărutul de care am avut parte, nici măcar nu mai sunt furioasă pentru toate tâmpeniile pe care le-a făcut până acum. Pentru toate lucrurile și stările prin care m-a făcut să trec.

— Vorbeam serios, Malakai. Tu...

— Nu prea vreau să vorbesc despre asta.

Oftez și, chiar dacă mă nemulțumește, pot să respect asta. Acum mai trebuie doar să îmi dau seama cum trebuie să interacționez cu această versiune a lui Malakai.

— Dacă vrei să pleci, te duc acasă.

Clatin din cap.

— Îmi pare rău. Și vorbesc serios. Îmi pare rău pentru seara asta și pentru rahatul pe care l-am spus atunci, la petrecerea aia stupidă. Și pentru că m-am comportat ca un idiot în general, dar... De ce naiba ești aici, Anna?

Îmi ridic sprâncenele.

— N-am vrut să sune așa.

Își înclină capul și își strecoară degetele lungi pe sub mâneca puloverului, urcând pe încheietură.

— Pentru că Alek m-a sunat și m-a rugat să încep să te ignor de mâine, recunosc.

Malakai pufnește. Nu știu ce se întâmplă între el și Alek și, sinceră să fiu, nu prea cred că vreau să aflu în secunda asta. Vreau doar să stau cu el, chiar dacă nu are de gând să-mi dezvăluie vreo informație vitală. Dar nu știu ce vrea el.

— Crezi că... poți să stai cu mine o perioadă? șoptește.

— Da, cred că da.

Chicotesc. Sună atât de stupid.

— Știu că poate ți-am dat impresia că îmi place să-mi bat joc de tine, însă n-am vrut niciodată să te rănesc, spune în timp ce se lungește pe pat, ajungând cu capul pe picioarele mele.

— Și de ce ai făcut-o?

Încep să îmi trec degetele prin părul lui și așa dezordonat.

— Sunt obișnuit ca oamenii să mă abandoneze la un moment dat. Cred că pur și simplu am vrut să ajungi în punctul ăla cât mai repede posibil. Dar ai continuat să te întorci și habar n-am de ce.

Rămân pentru o clipă cu degetele înțepenite în părul său. Orice i s-ar fi întâmplat, care l-a determinat să aibă impresia că toată lumea o să îl abandoneze la un moment dat, trebuie să fi fost dureros.

— Știi că doar ai îngreunat lucrurile, Kai.

— Dacă o să rămâi prin preajmă, o să vezi că e un lucru pe care îl fac constant. Nu neapărat cu intenție.

— Nu plec nicăieri, spun sigură pe mine.

— Da, încep să îmi dau seama de asta.

— Ți-a luat cam mult.

Se ridică din senin, făcându-mă să tresar.

— Totuși, o să pleci la un moment dat, o spune mai mult pentru sine.

Doamne, e atât de multă siguranță în vocea lui, încât mă rănește. Oricine l-a adus în halul ăsta, urăsc acea persoană din tot sufletul. Nu avem siguranță. Niciodată. E un lucru normal. Putem fi abandonați în orice moment de către o persoană căreia îi dăruim totul, însă asta nu înseamnă că nu ne asumăm riscuri și nu creăm relații. Malakai se pare că fuge de asta. Pare mult mai conștient de asta decât restul oamenilor și ar face orice ca să împiedice posibilitatea existenței unei relații din care cealaltă persoană ar putea ieși.

— Te rănești singur, Malakai. Doar pentru că există posibilitatea ca o altă persoană să plece, asta nu înseamnă că trebuie să faci tot posibilul să ții pe toată lumea la distanță de tine. Oamenilor le pasă de tine.

Râde amar.

— Îți garantez că nu există nici măcar trei persoane cărora să le pese de mine.

E rândul meu să pufnesc.

— Serios? Ce zici de Marta? De Alek? Și de mine, adaug.

Malakai pare să se gândească la ce am spus și cred că ajunge să îmi dea dreptate. Se relaxează și nu mai pare pornit să se lupte cu mine.

— Tot spui lucruri care mă fac să vreau să te sărut, Anna.

— Și de ce nu o faci? îl provoc.

Mă privește cu o sprânceană arcuită în timp ce se apropie puțin câte puțin de mine. De data asta nu mai poartă nicio bătălie în interior. E hotărât să obțină ce vrea, iar eu nu o să îl împiedic. Am reținut fiecare secundă din primul nostru sărut și trebuie să îl memorez pe al doilea. Nu există grad de comparație și o parte din mine e destul de convinsă că sărut o altă persoană. Pare să își pună toată nerăbdarea și temerile în acest sărut, iar pe mine nu mă deranjează. Îl trag mai aproape, înfigându-mi unghiile în umerii săi. Se lasă deasupra mea incredibil de încet în comparație cu modul în care mă sărută. Își susține greutatea într-un cot, strecurându-și un genunchi între picioarele mele. Ar trebui să mă opun, dar nu am de gând să o fac. Îmi doresc orice îmi oferă Malakai, oricât de irațional sună asta. Tresar când una dintre mâini ajunge să-mi dezgolească o porțiune de talie și intră în contact direct cu pielea mea. Se oprește și îl aud inspirând încet, apoi coboară cu buzele spre gâtul meu, fără să se grăbească.

Cu fiecare secundă care trece, simt din ce în ce mai multă fierbințeală în corp, ajungând aproape să cred că am febră.

Malakai revine asupra buzelor mele, în timp ce palma-i urcă tot mai sus pe sub bluza mea. Dar nu mă deranjează. Nu pot compara cu nimic tot ce simt acum și sunt secunde în care am impresia că nu e real. Că imaginația mea a luat-o razna chiar atât de mult.

Îmi deschid ochii în clipa în care se oprește. Își retrage mâna de sub puloverul meu și îmi ferește câteva șuvițe de pe față, apoi mă sărută scurt pe nas. Simt cum mă uit la el acum.

Dumnezeule, o simt până în măduva oaselor și mă sperie într-o oarecare măsură.

Mă uit la el cu dragoste. Nu știu dacă el îmi zâmbește pentru că știe sau altul este motivul, dar aș vrea să îmi pot ascunde sentimentele de sub privirea lui intensă. Închid ochii, sperând ca Malakai să nu fi observat tot ceea ce am simțit eu.

– Nu face asta, Hannah. Îmi plăcea cum te uitai la mine.

Oftez ușor printre buze, dar fac ceea ce îmi cere. Deschid ochii și nu pot decât să mă rog să se fi scurs toată dragostea din ei.

— Dacă vrei asta, Hannah, trebuie să încetezi să te mai săruți cu Alek. Sau cu oricine altcineva.

— Dacă vreau ce?

— Dacă vrei să fii cu mine.

Nu poate să îmi fure mințile și apoi să aibă pretenția la o conversație la care să aduc o contribuție cât de cât decentă.

— Îmi ceri să fiu iubita ta? chicotesc.

— Mereu ai fost a mea, Hannah.

Dacă îmi spune numele complet, e grav. Mă sperie.

— Malakai...

— Da.

— Asta e reciproc. Dacă ești sigur că vrei asta, nu o să mai apari la întâlnire cu nicio Charlotte sau cu oricine altcineva.

— Eu nu merg la întâlniri, se strâmbă.

— Ba mergi. Și o să cumperi flori și ciocolată.

Mă privește îngrozit.

— Și o să te comporți exemplar.

Face o grimasă.

— Glumesc! Vreau să fiu cu tine, Malakai. Așa cum ești tu. Fără flori, ciocolată sau comportament exemplar, bine? Dar vorbeam serios în legătură cu Charlotte.

— Îmi pare rău pentru aia, bine? A fost ultima încercare să te îndepărtez.

— De ce erai atât de hotărât să faci asta?

Îmi susține privirea și văd ceva în ochii lui care mă zăpăcește.

— Pentru că mă faci să simt lucruri, Hannah.

Îi cuprind obrajii în palme și îl sărut scurt.

— Nu plec nicăieri, îl asigur din nou. Nu o să te las să simți toate lucrurile alea ca mai apoi să plec, bine?

Încuviințează, deși nu pare prea convins.

— Chiar mi-aș dori să putem să o luăm de la capăt.

— Cine spune că nu putem? îl întreb.

— Aș vrea să o pot lua de la capăt în viață, râde rece.

Sunt atât de multe lucruri pe care trebuie să le aflu despre Malakai, încât încep să mă întreb în ce mă bag. Îl cunosc de câteva luni și nu știu mare lucru despre el. Da, poate că am progresat în ultima vreme, dar chiar și așa, tot ce știu despre el se rezumă mai mult la sentimente și mai puțin la... el.

— Cu flori și ciocolată? schimbă subiectul înainte să îi răspund.

— La cum te cunosc, mai degrabă insulte și... știi tu, săvârșirea vreunei infracțiuni.

— O să văd ce pot face.

— Atunci ne-am înțeles.

Își lipește fruntea de a mea și stă așa o perioadă până când îi amorțește cotul și trebuie să își schimbe poziția.

— Vrei să te duc acasă?

Încuviințez. E timpul să merg acasă, altfel o să fiu pedepsită înainte să am șansa să mai săvârșesc vreo infracțiune. Mă ridic cu greu. Și cu regret. Malakai mă ajută să îmi închei haina, deși nu e necesar. Profită de apropiere doar ca să îmi ciufulească părul și să mă sărute din nou.

— Unde e Marta? îl întreb când ieșim din casă.

— În vizită la Katherine, răspunde degajat. Ceea ce e un lucru bun, crede-mă. Dacă ar fi fost aici, Amelia nu cred că ar fi plecat în viață.

Îi ofer un zâmbet cald, la care, spre surprinderea mea, îmi răspunde.

Nu vorbește prea mult până când oprește mașina în fața casei, iar eu nu simt nevoia să îl forțez. Oprește motorul și iau asta ca pe un semn că mai are de gând să stea câteva minute. Își întinde mâna spre mine și îmi împletesc degetele cu ale sale fără nicio ezitare, rotindu-mă ușor spre el.

— Ce-i? îl întreb din cauza modului pierdut în care mă privește.

— O luăm de la capăt? Mâine?

Încuviințez. Nu știu ce vrea să spună prin asta, dar sunt de acord cu orice are el în minte.

— O luăm de la capăt. Mâine, îi confirm.

Coboară din mașină înaintea mea. Îl urmez și aștept să spună ceva, deși nu vreau să plece.

— Noapte bună, Hannah!

— Noapte bună, Kai!

Rânjesc ca o idioată. Îmi ia mâinile într-ale sale și se apropie câțiva centimetri, dar păstrează o distanță considerabilă.

— Nu vreau să fii pedepsită chiar acum, îmi explică.

Scot limba ca un copil imatur.

— Ai uitat că bunica e fanul tău numărul unu.

— De asta ea primește flori și ciocolată, iar tu, insulte și infracțiuni.

— O să-ți gâdil egoul pentru ciocolată.

Mă ridic pe vârfuri – trebuie să fac asta, ca să pot

ajunge la el - și îl sărut pe obraz. Malakai își întoarce fața încet, sărutându-mă scurt.

— Trebuie să plec.

— Știu, dă din cap.

Îmi masează palma, dar după expresia lui calmă, eu sunt singura care este afectată.

— Ne vedem mâine.

Încuviințează și îmi eliberează mâna, dar continui să simt furnicături în locurile în care m-a atins. Mă îndepărtez fără niciun pic de voință. Malakai nu pleacă decât după ce ajung în casă. Aud motorul pornind chiar în timp ce aprind becul.

— Deci, la urma urmei, nu e un băiat chiar așa rău, o aud râzând pe bunica.

— Noapte bună! îi urez îmbujorată pentru că nu aș putea să am o conversație cu ea acum.

O să mă trezesc din visul ăsta, nu?

Nu are cum să fie adevărat.

Doar tinerii îndrăgostiți zâmbesc la ecranul telefonului

— Deci, cum a fost? e primul lucru pe care îl aud de la bunica atunci când cobor la micul dejun.

— Ce să fie? întreb pe un ton inocent.

— Întâlnirea cu Malakai.

Da, evident că despre asta e vorba.

— Bine, cred. Am vorbit și...

ne-am sărutat.

— Și cred că lucrurile sunt în regulă între noi.

— Încerci să-mi spui că ai un iubit, draga mea?

Mă fac roșie de rușine. O iubesc până la Dumnezeu și înapoi, însă sunt unele lucruri pe care nu mă simt confortabil să le discut cu ea. Malakai fiind unul dintre acele lucruri.

— Nu încerc să spun nimic, zic, în timp ce mă așez la masă.

— Poftă bună, îmi zâmbește, în timp ce îmi pune în față o farfurie cu mâncare.

— Mulțumesc. Tu ai mâncat?

Încuviințează, apoi mă privește tot timpul cât mănânc. O parte din mine speră ca mătușa lui Malakai să nu își facă apariția din nou și să îi spună bunicii despre comportamentul meu de aseară, în timp ce alta speră să o facă, doar ca să pot discuta cu bunica despre asta. Eu nu știu cum aș putea să deschid subiectul. Cum să îi spun cum se comportă cu el?

Telefonul meu vibrează pe masă și las furculița jos ca să citesc mesajul.

Malakai mi-a scris pe mess: *'Neața! Dormit îngrozitor. Febră. Mă simt nasol. Tu ce faci?*

— Doar tinerii îndrăgostiți zâmbesc la ecranul telefonului, o aud comentând pe bunica și nu trebuie să-mi ridic privirea ca să îmi dau seama că zâmbește.

De ce e atât de fericită?

A, stai. Pentru că Malakai a impresionat-o.

— Poate am citit un banc, încerc să mă apăr.

— Vreau să-l aud și eu.

— Te iubesc, dar...

— Spune-i lui Malakai că îl salut.

Îi răspund fără să las să treacă prea mult timp.

'Neața! Febră? Iar? Mănânc ceva.

Malakai: *Mda. Cred că am nevoie să îmi cânți ceva și să mă legeni.*

Îmi dau ochii peste cap.

Cum să nu. Sunt pe drum deja. Bea un ceai și ia ceva.

Îmi apar cele trei buline care-mi dau de înțeles că Malakai tastează.

Serios că nu mă simt bine.

Îl întreb cu ce l-aș putea ajuta eu, apoi îmi spune din nou că aș putea să îl legăn.

Nu fi copil!

Malakai: *Nu așa mi-am imaginat că o s-o luăm de la capăt, dar presupun că se potrivește.*

— Ți se răcește mâncarea, îmi spune bunica.

Las telefonul și mănânc ce mi-a mai rămas, apoi mă ridic și spăl vasele.

— Ai nevoie să te ajut cu ceva? o întreb doar ca să nu îmi fac planuri degeaba.

— Nu. Sunt în regulă. Distracție plăcută! O să merg în vizită astăzi, deci nu o să fiu prea mult pe acasă. Îți las mâncare în frigider.

— Distracție plăcută și ție! îi urez înainte să urc în cameră.

Când deschid telefonul, mai am trei mesaje de la Malakai.

Anna?

Nu mă abandona.

O să mor.

Îi scriu înapoi și îl întreb dacă a murit.

Malakai: *Nu înainte să te mai văd o dată.*

Pufnesc.

Lasă siropoșeniile pentru cei care se pricep la așa ceva.

Mă dezbrac și mă îndrept spre duș, pentru că Malakai nu mai răspunde. O mulțime de întrebări îmi circulă prin minte, toate deodată. Cred că nu ar fi trebuit să cedez doar pentru că Malakai era vulnerabil, ceea ce m-a făcut și pe mine vulnerabilă. Cred că ar fi trebuit să mă feresc atunci când s-a îndreptat să mă sărute. Cred că nu știu nimic despre Malakai și că s-ar putea să mă ia prin surprindere în orice moment cu o altă schimbare radicală.

Și mai cred că nu aș fi putut să iau o altă decizie față de cea pe care am luat-o.

E ceva la Malakai care mă trage spre el, chiar și atunci când vreau să fug.

Și mai cred că sunt o adolescentă nesăbuită și că peste câțiva ani o să râd de toată situația asta.

Ies din duș destul de binedispusă și chiar încep să fredonez o piesă pe care am auzit-o la radio. Entuziasmul îmi dispare însă brusc – odată cu tot sângele din obraji.

— Cineva e binedispus, rânjeşte Malakai, înainte să am timp să țip la el și să îl întreb ce naiba caută aici.

— Cum ai…

— Bunica ta, Hannah. De ce mereu ai impresia că intru pe geam?

— Pentru că nu aş fi deloc surprinsă dacă ar fi aşa, ridic nepăsătoare din umeri.

În timp ce Malakai se îndreaptă spre mine, îmi aşez prosopul mai bine - ezit între a-l trage mai sus sau mai jos.

— Deci… de ce naiba eşti aici? îl întreb zâmbind.

— Foarte amuzant, strâmbă din nas.

Se opreşte la doar câțiva centimetri de mine și îmi ia obrajii în palme. Trebuie să îmi dau capul pe spate, în timp ce el se apleacă. Mă concentrez să îmi țin prosopul lipit de corp și să rezist dorinței de a-l atinge. Îmi umezesc buzele în timp ce îl privesc. Își mută o mână pe ceafa mea și mă trage mai aproape, apoi își lipeşte buzele de ale mele. Mă sărută încet, aproape cu grijă, și mă sperie. Mă ridic pe vârfuri, dorindu-mi doar să ajung mai aproape de el. Mă domină în totalitate și mă împinge în peretele din spate. Scot un sunet înfundat - aproape ca un gemăt –, dar nu știu dacă este de protest sau de plăcere.

E cam greu să îmi țin prosopul și să nu îl ating, aşa că fac un compromis și îl țin doar cu o mână, în timp ce pe cealaltă mi-o aşez pe gâtul lui Malakai. N-am crezut niciodată până acum că aş putea să am putere asupra lui Malakai doar cu o atingere, dar îl trag mai aproape de mine și îmi strecor degetele în părul lui, iar el adâncește sărutul și se joacă cu limba mea într-un ritm haotic. Probabil că își dă seama că nici măcar nu mai sunt în stare să respir, pentru că se retrage treptat, însă fără să se îndepărteze prea mult.

— Acum înțelegi pentru ce sunt aici?

— Dacă ai venit pentru sex, ai greșit casa, râd.

— Subtil, Anna. Subtil.

Surprinzător - evident -, Malakai e destul de binedispus. Acum mă uit la gropița care îi apare în obrazul drept ori de câte ori zâmbește.

— N-am venit aici pentru sex, adaugă. Deși nu-i o idee rea.

— Foarte amuzant.

— O să fii dezamăgită, dar trebuie să te îmbraci.

Îmi dau ochii peste cap și îl împing cu palmele, încercând să par bosumflată.

— Credeam că te simți rău, îi spun, în timp ce caut niște haine în dulap.

— N-am nimic grav.

— Cu siguranță încercai să mă convingi că mori, îi amintesc.

— Ar fi chiar atât de rău?

Rămân cu mâna pierdută pe teancul de pulovere împăturite. Când mă întorc, Malakai stă pe pat, cu brațele încrucișate sub cap și ochii închiși. Nu știu dacă ăsta este modul său de a evita o discuție, dar nu am de gând să las lucrurile așa. Iau hainele și mă întorc în baie. Îmi ia aproape un sfert de oră să mă îmbrac și să reușesc să-mi prind părul într-o coadă și nu aș fi surprinsă dacă nu l-aș mai găsi aici.

Dar când ies din baie, Malakai n-a plecat nicăieri. De fapt, s-a ridicat și a decis că e cazul să-mi invadeze intimitatea. Îmi răsfoiește caietele și sunt sigură că nu îl interesează temele. La fel cum sunt sigură că nu erau la vedere. Dar nu mă deranjează. Mă deranjează tonul pe care a pus întrebarea, mai mult ca pentru el decât de parcă ar fi așteptat un răspuns din partea mea.

— Nici măcar nu pot să mă gândesc la asta, Kai, șoptesc când ajung în spatele lui.

Se rotește și se uită la mine, de parcă nu mă vede cu adevărat. Își arcuiește o sprânceană și închide caietul.

— Poftim?

— Malakai... știi că orice se întâmplă, poți să vorbești cu mine, nu?

— Mhm.

— Nu mormăi! Sunt aici pentru tine. Oricând ai nevoie și vrei să vorbești, promit că sunt aici, Kai. Doar... mă sperii puțin.

— Îmi pare rău.

— În sâmbăta aia când am venit la tine, te-ai certat cu mătușa ta?

Încuviințează.

Trebuie. Să. Scot. Cuvintele. Cu. Cleștele. Din. Gura. Lui.

— De ce?

Ridică din umeri.

O las baltă. Știu că nu o să obțin nimic de la el dacă nu e pregătit să vorbească, așa că nu mai insist, deși vreau să știu, ca să îl pot ajuta.

— Oricum, nu sunt aici să vorbesc despre mine, Anna. Sunt aici pentru că îți datorez un mic dejun, un film, niște flori și ciocolată.

— Pe care le-ai uitat acasă?

— E duminică. E dimineață. Nu prea e nimic deschis la ora asta.

— Mhm.

— Vorbești serios? pufnește, drept răspuns la expresia mea dezamăgită.

— Mhm, continui să mormăi.

— Haide, Hannah. Mă străduiesc aici.

Mai afişez expresia dezamăgită câteva secunde, dar apoi mă pufneşte râsul şi nu o mai pot menţine.

— Ştiu, continui să râd.

Malakai pufneşte nemulţumit.

— Vreau să facem ceva mai întâi, îmi zice, dar apoi refuză să îmi spună despre ce este vorba.

Când coborâm, Malakai vorbeşte cu bunica cât timp îmi iau haina şi ghetele, ceea ce îmi aduce aminte că trebuie să vorbesc cu ea şi să îi spun să nu îl mai lase să intre în casă aşa, când are el chef. Uneori, am impresia că bunica este adolescenta, dintre noi două. Malakai refuză să îmi spună care e planul lui chiar şi după ce ne urcăm în maşină şi nu vorbim nimic important, dar e plăcut.

Stau întoarsă spre el şi nu-mi pot muta privirea. E ciudat să împart acelaşi spaţiu cu el şi să nu-mi fie teamă de următoarele sale reacţii. Schimbă obsesiv posturile de radio şi nu pare să îi placă nimic, aşa că în cele din urmă îl închide.

Un sfert de oră mai târziu, opreşte maşina în faţa unui magazin şi coboară. Nu ştiu ce să fac, aşa că rămân pe loc, dar el îmi deschide portiera după ce înconjoară maşina.

— Unde mergem?

Drept răspuns, mă sărută scurt.

Îl urmez în magazin ca să cumpere mâncare, apoi în altul, de unde cumpără nişte haine care nu sunt deloc stilul său. Îl tot urmez încruntată în tot timpul ăsta și nici măcar faptul că mă ține de mână nu mă ajută să mă relaxez. Când ne întoarcem în mașină, vreau să îl întreb ce-i cu toate cumpărăturile, dar Malakai pornește din nou, îmi dau seama că ne îndreptăm spre cea mai săracă zonă a orașului și cred că înțeleg ce vrea să facă.

– Kai...

– Da, Anna.

– Ce faci?

– Știi, Anna... Listele alea sunt făcute ca să ajungi să bifezi lucrurile de pe ele.

– Știu, dar...

Își amintește că voiam să fac un cadou unui om fără adăpost. Cum își amintește de lucrul ăsta, când mereu mi-a dat impresia că nici măcar nu asculta ceea ce vorbeam cu el? În toate acele luni, am avut impresia nu doar că refuza să vorbească, dar și că nu asculta niciodată ceea ce îi spuneam. Deși, uneori, erau răspunsuri la întrebările puse chiar de el.

– Dar nimic, zice când oprește mașina din nou.

Ne aflăm într-o zonă în care nu am fost niciodată. Sunt puțin șocată că există un asemenea loc în oraș - un loc unde străzile sunt împânzite de gunoaie, casele au ferestrele sparte și în care speranța nu pare să izvorască niciodată. Malakai nu pare deloc surprins și scoate cumpărăturile din mașină, refuzând să îl ajut, apoi îmi face semn să îl urmez. Nu durează mult timp până să găsim ceea ce căutăm. Sub un pod de cale ferată, un bătrân își freacă frenetic palmele în fața unui foc care mai are puțin și se stinge. Îmi ronțăi buza de jos ca să nu încep să plâng, în timp ce Malakai pornește spre el. Îmi fac curaj și îl urmez, deși sunt cam pierdută. Pe de o parte, sunt izbită de realitatea crudă, iar pe de alta, sunt surprinsă de faptul că Malakai face asta. Credeam că sunt mai puternică de atât, dar m-am înșelat. Simt cum nu mai pot să respir.

Când ne întoarcem în mașină, încep să plâng. Cuvintele pline de recunoștință ale bătrânului îmi răsună în minte și nu pot să mă gândesc la nimic altceva.

— Anna... Nu plânge. Tocmai ai făcut un lucru bun... De ce naiba plângi?

Îmi șterg lacrimile cu mâneca de la geacă. Malakai îmi întinde apoi un pachet de șervețele, pe care îl iau recunoscătoare.

— Crezi în... crezi în Dumnezeu, Malakai?

Îmi trag nasul și îmi rotesc privirea spre el. E puțin surprins de întrebarea mea.

— Nu, răspunde sincer. Ce legătură are asta? Dacă știam că o să plângi, ți-aș fi cumpărat bomboane și flori. Așa o să fac data viitoare.

Aștept să mă opresc din plâns înainte de a vorbi din nou.

— Nu, clatin din cap. Mulțumesc. Nu erai obligat să faci asta, Kai. Mulțumesc.

— Cu plăcere, Anna. Dacă mai plângi, te duc acasă.

Clatin frenetic din cap. Nu vreau să merg acasă. Vreau să stau cu el și să încerc să îl descopăr. Nu neg că există un oarecare farmec în asta, dar îl simt departe uneori, iar în momente ca acesta știu că există o parte din el pe care ar face orice să o țină ascunsă.

Și trebuie să aflu cine e Malakai D'Andre.

Cine e el cu adevărat, nu cine spun oamenii că ar fi. Și nu sunt sigură că sunt pregătită să aflu.

De ce nu ți-ai luat pastilele, Malakai?

Mă uit la el cu ochii mari și gura aproape deschisă. Am vrut să aflu cine este adevăratul Malakai și, deși am petrecut aproape toată ziua împreună cu el, nu am aflat mare lucru. În primul rând, pentru că a fost mai concentrat să ofere atenție buzelor mele decât să vorbească. În al doilea rând, pentru că reușește să se eschiveze de fiecare dată când îi adresez o întrebare personală. Sincer, nici măcar nu știu de ce mă mai mir.

Totuși, am aflat că joacă bowling cu ușurința cu care eu respir. Nu glumesc. A dat câteva strike-uri consecutive și mă întreb de ce a mai vrut să jucăm în echipe, dacă e evident că ar fi câștigat oricum. Îl cam invidiez în secunda asta.

Se întoarce cu grația-i obișnuită și îmi face semn cu bărbia. Clatin frenetic din cap, refuzând să mai fac asta. Nu mă pricep deloc. Care e scopul?

– Nu mai vreau, mormăi după ce se așază lângă mine.

– Haide, Hannah. Nu-i mare știință.

– Spune cel care dă doar strike-uri. Sigur!

Îmi încrucișez brațele la piept și mă bosumflu.

— Pentru că eu nu pierd niciodată. Nici nu contează cum joci, râde. Doar joacă.

— Ca să mă fac de râs?

— Nu suntem decât noi aici.

— Și Alek. Și Chloe, accentuez.

Le arunc o privire fugitivă. Chloe mestecă gumă într-o manieră plictisită, iar Alek îmi face semn să mă mișc odată.

— Nu contează, mă încurajează Malakai.

Mă ridic învinsă. Nu e de parcă ar fi prima dată când mă fac de râs. Până acum, o dată a ieșit bila de pe pistă, iar a doua dată nu am reușit să dărâm decât jumătate din popice, dar sunt sigură că a fost noroc chior. Malakai se ridică și îmi dă cea mai ușoară bilă. Nu știu dacă să mă strâmb sau să apreciez.

Mă concentrez să arunc bine, dar simt privirile lor asupra mea și nu mai sunt chiar atât de sigură pe mine. Pe deasupra, când arunc bila, mi se rupe o unghie.

Rahat!

Și evident că iese de pe pistă.

Mă întorc la locul meu, cu capul în pământ. Malakai râde când mă așez lângă el.

— N-a fost chiar așa de rău.

Alek și Chloe reușesc să dea un spare. Presupun că se pune ca unul, din moment ce au reușit să dărâme amândoi toate popicele. Ideea asta să jucăm în perechi a fost, pe de o parte, bună și, pe de altă parte, îngrozitoare. Individual, aș fi sfârșit pe ultimul loc. Așa, mi se pare că doar îl fac pe Malakai de râs.

— Te stresezi degeaba, îmi spune Malakai, în timp ce mă prinde de bărbie și îmi întoarce fața spre el.

Îi zâmbesc, pierdută din nou în ochii lui și năucită de gropița din obraz.

— De ce am fost de acord să venim aici?

— Pentru că Alek se plictisea, îmi răspunde, apoi se ridică.

Îl privesc pe Alek și îmi dau seama că are de gând să mă întrebe ceva, dar nu o face acum. Și eu am câteva întrebări pentru el, la care sper să îmi răspundă. În afară de Malakai, cred că e singura persoană care deține niște răspunsuri.

— Ce naiba ai făcut?

Malakai afișează o expresie inocentă. Jumătate din popice încă sunt în picioare și sunt conștientă că a făcut-o în mod intenționat. Mă ridic și iau o bilă, dându-mi ochii peste cap. Spre surprinderea mea, reușesc să le dărâm pe celelalte, dar îmi rup unghia cu totul și acum mă ustură.

— Ce am făcut?

Mârâi fără să răspund și îmi suflu pe unghie de parcă m-ar ajuta cu ceva.

– Vrei un plasture? mă întreabă Chloe, care vede că suflu aici de zor.

Încuviințez și îi zâmbesc recunoscătoare. Dar sunt atât de norocoasă, încât reușesc să pierd plasturele în bilă următoarea dată când e rândul meu. Și ghinionul meu pare să se termine aici și nu mi se mai întâmplă nimic ieșit din comun până când terminăm.

– Ți-am spus că eu nu pierd niciodată, rânjește Malakai.

Îmi dau ochii peste cap.

– Cam ne-a chemat la nu știu ce petrecere, ne spune Alek. Vreți să veniți?

Ridic din umeri. Malakai își arcuiește o sprânceană în timp ce se îmbracă. Ridic din nou din umeri.

– Mi-e indiferent, spune, făcând un pas spre mine.

– Ei bine, și mie la fel.

– Deci, ce faceți? întreabă Alek puțin cam nerăbdător.

Malakai îi aruncă o privire cam furioasă.

– Dacă vrei să mergem, mergem, îmi spune pe un ton calm, de parcă îi vorbește unui copil încăpățânat.

— Nu vreau să merg, pufnesc.

Alek își ridică palmele și bate în retragere.

— Atunci noi am plecat, își flutură o mână.

Până și el a observat tensiunea ciudată care plutește în aer și care a apărut de nicăieri.

— Ce-i cu tine? îl întreb pe Malakai, în timp ce ne îndreptăm spre ieșire.

— Nimic. Te duc acasă.

— Bine. Minunat!

Poate dacă adopt aceeași atitudine ca și el, o să dea înapoi. Deși mă îndoiesc. Așa că, atunci când urcăm în mașină, amândoi suntem nervoși și niciunul dintre noi nu vorbește. Eu sunt nervoasă pentru că nu știu ce naiba l-a apucat. El... cum spuneam. Nu știu ce e cu Malakai.

— Ce e cu tine?

Îmi calc orgoliul în picioare și vorbesc prima.

— Nimic, răspunde sec.

Îmi rotesc privirea spre fereastră, încercând să îmi distrag atenția, dar nu pot să mă concentrez. Prezența lui îmi fură tot aerul.

— Ce e cu tine? repet cu ceva mai multă speranță, de data asta.

— Nimic.

Strâng din dinți.

— Oprește mașina, te rog.

Îmi rotesc capul și îl văd privindu-mă surprins. Și încordat. Și cu o mulțime de alte expresii nejustificate.

— Te rog să oprești mașina.

— De ce?

— Pentru că nu am de gând să stau aici, în timp ce tu ești ciufut fără motiv.

Îi sunt oarecum recunoscătoare pentru că nu se conformează dorințelor mele. O parte din mine nu vorbește serios.

— Voiai să mergi cu Alek?

Mă încrunt.

— Să merg cu Alek? întreb surprinsă.

Încuviințează. Ce naiba l-a apucat? Nu voiam să merg nicăieri cu Alek. În plus, Alek ne-a întrebat pe amândoi dacă nu cumva voiam să mergem. Orice simte sau crede Malakai acum, nu are niciun motiv să o facă.

— Ești cumva... gelos?

Nu-mi răspunde.

Oftez. Îmi lipsește energia necesară să mă cert cu el. Trec alte câteva minute fără să vorbim, apoi Malakai oprește mașina. Nu știu unde ne aflăm. Cu siguranță nu în fața casei mele sau a lui. Telefonul său e la încărcat și nu mă pot abține să nu arunc o privire atunci când primește un mesaj, chiar dacă nu-i corect.

E de la un număr pe care nu îl are salvat.

Și nici nu înțeleg mesajul: *De ce nu ți-ai luat pastilele, Malakai?*

În loc să îl întreb despre ce pastile este vorba sau să îmi dea haina de pe bancheta din spate și să plec, rămân.

— Credeam că o luăm de la capăt, șoptesc oarecum resemnată cu toată situația.

E ceva în neregulă cu mine. Ceva mult mai în neregulă decât cu Malakai. El iar și-a schimbat atitudinea la o sută optzeci de grade, iar eu tot aici sunt.

Nu vreau. Nu vreau să mă scufund în Malakai, pentru că exact asta am impresia că fac acum. Că mă scufund și mă înec, și încep să realizez cât de nesănătoasă e toată treaba asta, doar că deja e prea târziu. Eu m-am băgat în asta. Eu mi-am dorit asta.

Îmi strâng brațele pe lângă piept, întrebându-mă de ce nu am vorbit cu Alek până acum. Știu că nu am avut ocazia să îl prind singur, însă aș fi putut să îl sun. Ar fi trebuit să îl sun. Pentru că mi se pare că deține niște răspunsuri. Pentru că, indiferent de atitudinea lui Malakai, Alek continuă să fie prietenul lui și nu pot să cred că o face doar din plictiseală. Iar de la Malakai nu o să obțin niciun răspuns care să nu mă bage în ceață.

— Dacă voiai să mergi la petrecere, trebuia doar să spui.

Nu știu cum să reacționez.

— Nu voiam să merg la petrecerea aia idioată, Kai!

— Dar ai fi preferat să mergi cu Alek.

Nici la asta nu știu cum să reacționez. Indiferent că e gelos sau teritorial, Malakai e pur și simplu deplasat acum.

— Nu voiam să merg nicăieri cu Alek.

Nici eu nu știu cum reușesc să rămân calmă. Îmi încleștez maxilarul, frustrată de atitudinea lui. Malakai are degetele încleștate pe volan și închide ochii pentru câteva clipe. Nu-mi place încotro se îndreaptă discuția asta. Nu-mi place deloc.

— Kai, ce Dumnezeu?

Ia telefonul și tastează repede un mesaj. Îl privesc răbdătoare, sperând că o să își revină în cele din urmă. Asta, sau că o va lua razna și mai tare.

Se pare că preferă a doua variantă.

Pornește mașina și reintră pe șosea. Inima-mi bate cu putere când privesc cum acul vitezometrului urcă. Și urcă. Și urcă.

— Malakai, încetinește!

Se comportă de parcă nu mă aude.

— Malakai!

Apasă pedala de accelerație din nou. Închid ochii, refuzând să-mi văd moartea cu ochii. Dar simt viteza cu care conduce și mă îngrozește. Mă îngrozește, pentru că nu știu ce aș putea să spun ca să îl conving să încetinească. Pentru că știu că nimic din ce aș spune nu l-ar face să se răzgândească, dar tot încerc.

— Malakai, te rog!

Nu se întâmplă nimic. Răsuflu puternic și deschid ochii. Neștiind ce altceva să fac, întind mâna spre el și mi-o așez pe brațul lui.

— Te rog, șoptesc vlăguită.

Tonul meu panicat îl face să încetinească. Încă merge peste viteza legală, dar nu mă mai tem că o să mor în seara asta. E pentru ultima dată când mai urc în mașină cu el.

Ceva nu se leagă. Ceva pur și simplu nu are sens.

— Vorbește cu mine! răbufnesc. Doar... vorbește cu mine, Malakai.

— Ar trebui să fii cu Alek, spune în cele din urmă.

Mi se încleștează degetele pe brațul lui. Atât de tare, încât îi pătrund unghiile în carne, dar nu protestează.

— Poftim?

— Am spus că…

Urmează o pauză în care nu se aud decât respirațiile noastre. A lui - calmă - și a mea, care e la fel precum ritmul în care îmi bate inima. Haotică.

— N-ai nevoie de rahatul ăsta în viața ta, Hannah. N-ai nevoie de mine, înțelegi? Eu nu pot să fiu orice ai tu nevoie și nu o să pot să-ți ofer niciodată… Știi tu. Normalitate. Eu nu pot să îți dau asta. Nu pot nici măcar să-mi ofer mie asta.

De ce naiba îmi vine să plâng? Șterg cu buretele tot ce s-a întâmplat până acum și mă concentrez pe discuția care are loc acum. Pe evenimentele care au avut loc în ultimul sfert de oră, altfel o să ne ducem dracului.

— Kai, ce pastile ai uitat să iei?

E una din puținele dăți în care obțin o oarecare reacție din partea lui Malakai. Maxilarul îi zvâcnește scurt și îi simt mușchii încordați sub atingerea mea.

Nu am acordat prea mare importanță sentimentelor mele până acum. Pentru că am încercat să nu îmi pese și să nu mă scufund în tot… haosul ăsta. Dar m-am întors la Malakai de atât de multe ori, încât acum nu pot să mai plec.

Malakai pare impenetrabil, însă de fiecare dată când afișează o emoție - orice emoție -, mă face vulnerabilă. Într-atât de mult, încât par doar o simplă fraieră care se întoarce la el, indiferent de cât de mult o rănește. Însă nu e așa. Nu e chiar așa. Malakai face asta. Îndepărtează oamenii din jurul său. Face orice ca să îi îndepărteze. Dar el nu pleacă niciodată. Inventează fel și fel de scuze ca să se întoarcă. Și planuri malefice ca să mă rănească - dar nu asta contează acum.

— Kai? șoptesc cu o oarecare teamă că Malakai chiar mi-ar răspunde și aș putea să îl înțeleg, dar nu sunt sigură că sunt pregătită să plătesc prețul pentru asta.

— Nu știu care, pufnește. Sunt atât de multe, încât nu mai știu. Marta știe... Ea... De ce naiba te prefaci că îți pasă?

Îmi vin o mulțime de replici tăioase prin minte, dar refuz să le dau glas, apoi el vorbește din nou:

— Asta nu o să meargă niciodată, Anna. Eu și cu tine? E doar o glumă proastă.

Și îmi pierd răbdarea.

— O glumă proastă? pufnesc. Sigur. Pentru că eu nu aveam nimic altceva de făcut decât să pierd câteva luni din viața mea venind zilnic la tine. Mă prefac atât de bine, încât am reușit să mențin șarada asta câteva luni, îți dai seama? Poate o să îmi ofere cineva o medalie pentru cea mai bună actriță a anului. La dracu', a secolului! Dar acum mă bucur că am reușit să lămurim lucrurile!

Nervoasă, ies din mașină, fără să mă deranjez să îmi iau haina. Trântesc portiera cu putere în urma mea și nu îmi pasă că nu știu unde ne aflăm. Vreau doar să mă îndepărtez. Vreau doar să pot să respir. Vreau să plâng și să înlătur durerea pe care o simt în piept.

Îmi vreau vechea viață înapoi.

— Hannah!

Ridic mâna și îi arăt degetul mijlociu - o acțiune pe care nu o gândesc, evident. Malakai mă strigă din nou. Încep să alerg pe stradă ca o nebună ce sunt și nu mă opresc. Îi aud pașii în urma mea, aproape. Prea aproape, așa că alerg cât pot de repede. Până rămân fără suflare. Sunt uimită că a reușit să alerge atât de mult timp după mine, având în vedere faptul că...

A suferit niște operații la picior și cred că îl supun la chinurile iadului.

Mă opresc.

— M-ai ținut în viață toate lunile astea. Și n-ar fi trebuit. N-am vrut să o faci.

Îmi pun mâinile în cap. La propriu.

Și, din senin, încep să înțeleg ce înseamnă să ai inima frântă. Doar că a mea nu se frânge din cauza lui Malakai, ci pentru el.

Am impresia că eu sunt cea care o frânge, de fapt. Îmi frâng inima, agățându-mă de el.

Cum de nu mi-am dat seama până acum?

Țip, chiar dacă nu scot niciun sunet. Țip atât de tare, încât se frânge ceva în interiorul meu. Țip în gând, dar sunetul e mai puternic ca niciodată.

Putem să o luăm de la capăt?

Putem să fim doi străini din nou?

Să îi spun că numele meu este Anna?

Să aflăm lucruri unul despre celălalt?

Lucruri care nu m-ar distruge.

Putem?

Doar... câteva minute. Să o luăm de la capăt.

M-ai ținut în viață toate lunile astea. Și n-ar fi trebuit. N-am vrut să o faci.

Nu pot să nu mă gândesc la asta. Nu vreau să o fac, dar cuvintele lui Malakai sunt singurele care-mi răsună acum în minte. Pentru că, gândesc, ceva sau cineva l-a distrus pe el.

M-am înșelat. Nu eu trebuie să primesc un premiu, ci Malakai. În toate aceste luni, pur și simplu nu mi-am dat seama. S-a prefăcut atât de bine, încât am crezut că Malakai încerca să se recupereze după accident.

Iar el nu își dorea nimic altceva decât să fi murit. Și, cel mai probabil, a murit puțin câte puțin în fiecare zi, cine știe de cât timp.

Cine știe de cât timp îmi curg lacrimile. Nu mai pot să respir și am nasul înfundat, iar ele continuă să îmi curgă pe obraji în valuri.

– Hannah?

Mă rotesc spre el, dar mișcarea pare mecanică. Nu sunt cu adevărat conștientă de ce se întâmplă. Îl privesc, dar nu pot să îl văd clar din cauza lacrimilor. Totul e încețoșat.

– Nu poți să faci asta! țip la el.

Probabil că nu e chiar cel mai potrivit mod să reacționez, însă o parte din mine, cea furioasă, vrea să îl omoare doar pentru că s-a gândit la asta. Iar furia e mai puternică decât toată tristețea care pune stăpânire pe mine.

– Nu poți să faci asta, Malakai! Oricare ar fi fost motivul pentru care te-ai gândit la asta – motiv pe care o să mi-l spui într-o zi, pentru că nu plec nicăieri –, nu poți!

Acum plâng în hohote și nu mai pot să vorbesc coerent. E acel plâns care îți dezbină oasele, lăsând tristețea să se strecoare printre ele, să prindă rădăcini și să devină parte din tine.

— Hannah...

Clatin din cap, semn să nu mă ia cu Hannah. Face un pas în față și, înainte să îmi dau seama, mă ia în brațe. Eu ar trebui să fac asta. Să spun ceva inteligent. Revelator. Dar nu pot. Nu pot să fac nimic altceva decât să îi îmbib puloverul cu lacrimile mele. Îmi simt stomacul în gât și nu-mi pot duce ideea până la capăt. Trebuie să-l întreb dacă accidentul a fost într-adevăr un accident sau dacă a încercat să se sinucidă. Pentru că numai la asta mă pot gândi acum, dar totul pare în ceață. Niciun gând nu e coerent și nu pot să pun nimic cap la cap.

— Cred că trebuie să vorbim, îmi șoptește, în timp ce îmi mângâie părul.

Mă agăț de el și îi strâng puloverul în pumni.

— Cred că m-ai ținut în viață, Anna, râde scurt. Te-am auzit. În ziua aia, când mi-ai spus să nu mor. Că, din nu știu ce motiv, n-aveam voie să mor. Vocea ta era caldă și vorbeai de parcă îți păsa. Presupun că m-am agățat de asta. Presupun că mă agăț de asta în fiecare zi... De vocea ta. Deși am în minte o voce constantă, care-mi repetă la infinit că în cele din urmă, orice aș face, o să te pierd. Și nu-mi place vocea aia. Mă înnebunește.

Cuvintele sale mă fac să tremur. Despre asta vorbea atunci când mi-a spus că m-a auzit.

— Cum adică n-ai vrut, Malakai?

Vocea îmi pare străină.

— Nu înțelegi.

Îi simt pieptul ridicând și coborând sub obrazul meu. E un oftat adânc, pe care îl simt de parcă mi-ar aparține.

— Nu, Kai. Tu nu înțelegi. Nu știu cum să fiu cu tine dacă tu continui să lupți împotriva mea. Împotriva noastră. Împotriva ta, adaug.

Îmi ridic privirea și vreau să îmi șterg lacrimile, însă Malakai mi-o ia înainte.

— Nu-mi dau seama de ce mă tem mai tare. De ce s-ar întâmpla dacă aș vorbi cu tine sau de ce s-ar întâmpla dacă n-aș face-o. De ce s-ar întâmpla dacă nu te-aș mai vedea niciodată sau de ce s-ar întâmpla data viitoare când te văd. Însă oricare ar fi răspunsul, nu pot face asta momentan. Lasă-mă să te duc acasă.

— Nu! încerc să protestez.

Nu poate să plece. Nu. Nu. Mi-e teamă să îl las să plece.

— Nu pot să fac asta acum, Hannah. Te duc acasă și vorbim mâine, bine?

Încuviințez, deși nu e bine. Nu e deloc bine. E un coșmar și mă învinovățesc pentru că nu mi-am dat seama de asta mai devreme. În timp ce ne îndreptăm spre mașină, îl urmez tăcută și îl analizez. Grăbesc pasul doar ca să merg pe lângă el. De parcă asta m-ar ajuta cu ceva și m-ar apropia de el. Sau pe el de mine.

Malakai e ca de obicei. Posac.

Dar e retras. Credeam că e retras din fire, însă Malakai vrea doar să fie lăsat singur. Nu prezintă absolut niciun interes. Pentru nimic. Şcoală, prieteni. Nimic.

Şi, Doamne! Modul ăla nesăbuit în care a condus.

Malakai se autodistruge. Ceva l-a convins de inutilitatea vieții. Şi, în acest moment, mă simt, la rândul meu, inutilă.

Când ne aflăm din nou în maşină, am impresia că rămân fără aer din cauza durerii din piept şi a sentimentelor pe care le simt, dar pe care nu le pot stăpâni.

— Nu vrei să mergem să mâncăm ceva? îl întreb după câteva minute de tăcere, în timp ce conduce spre casa mea.

Nu mi-e foame. Mi se revoltă stomacul doar la gândul mâncării, dar nu îl pot lăsa să plece. Aşa că trag de timp. Încerc să trag de timp cât pot de mult.

— Ţi-e foame?

— Da.

Nu.

Nu îl pot lăsa să plece.

— Mergem să mănânci ceva, dacă vrei.

— Mulțumesc, îi zâmbesc.

Nimic nu m-a pregătit pentru Malakai. Întâi a fost accidentul său. Primul moment din viața mea în care m-am blocat și nu am știut ce să fac, pentru că nimic nu m-a pregătit pentru așa ceva. Iar acum... Nu știu nici măcar cum să vorbesc cu el. Să discute despre asta e ultimul lucru pe care ar vrea să îl facă. Să discut despre asta este singurul lucru pe care vreau eu să îl fac. Să știu de ce. DE CE?

Dar nu deschid subiectul.

Știu că nimic din ce aș putea spune nu ar conta. Și dacă aș începe să îi trântesc prostia aia pe care ți-o servește la psiholog, cum că există o soluție pentru fiecare problemă și că viața nu este chiar atât de oribilă, cred că ar pleca. Cred că nu ar mai vorbi niciodată cu mine.

Mergem la o cafenea. Îmi comand un burger și cartofi doar ca să nu dau nimic de bănuit, deși știu că nu o să pot înghiți nimic. Stau față în față cu Malakai, dar mă simt de parcă între noi este un zid pe care nu o să pot să îl sar niciodată. Așa că dau la o parte tot ce s-a întâmplat până acum și mă ridic. Îl forțez să îmi facă loc pe canapeaua pe care stă el și îmi las capul pe umărul lui.

E ciudat cum, dintr-odată, devin mult mai conștientă de lucruri aparent nesemnificative. De parfumul său, care pare o combinație între santal și aer proaspăt, de vară. Raze de soare. De căldura pe care o degajă corpul său. Îmi strecor brațul pe după al său și cobor spre degetele sale, pe care le strâng cât de tare pot.

Cum stăm aici, așa, cu mine aproape urcată în brațele lui, încercând să-mi stăpânesc dorința asta nebună de a mă contopi cu el și de a îi da viață, și el privindu-mă peste umăr, cel mai egoist gând posibil încolțește în mintea mea.

Nu pot să îl pierd.

Dacă Malakai decide că e cazul ca inima lui să nu mai bată, nu o să i-o iert niciodată.

– Nu știu ce să spun ca să conteze și să nu fie doar cuvinte aruncate doar de dragul conversației.

– Nu trebuie să-mi spui nimic, Anna. Am auzit multe lucruri. De la părinții mei. De la profesori. Prieteni de familie. Consilieri. Psihologi. Psihiatri. Dar un singur lucru nu m-au învățat niciodată…

– Care? șoptesc șocată de sinceritatea lui.

– Cum să fac față propriilor gânduri atunci când sunt singur. Și tu... nu știu. Ai făcut ceva în privința asta doar pentru că ai tot continuat să vii. Ideea e că nu trebuie să spui nimic... Doar să fii tu.

– Sunt, râd. Și sunt aici pentru tine.

De parcă vreau să îi demonstrez asta, mă lipesc și mai mult de el.

– Îmi pare rău pentru ce am spus.

– Nu-i nimic.

Îmi ridic privirea și îmi sprijin bărbia pe umărul său. Ochii lui albaștri au o sclipire ciudată și îmi vine să sar de fericire când îl văd că zâmbește. Fără să mă gândesc prea mult, mă întind și îi sărut gropița din obraz.

Nu e mult. Dar e ceva. Toată conversația asta trebuie să însemne ceva. Și îmi jur că vor urma altele, în care voi afla ce l-a distrus pe Malakai. Și o să repar asta.

— M-am distrat azi, îi zic. A fost... amuzant.

Pufnește.

— Până să o iau razna. Sigur.

— Cu toții o luăm razna din când în când. Ești prea dur cu tine.

— Nu, nu sunt.

— Bine. Nu ești. Ai luat-o razna. Dar acum suntem aici, nu? Și poate că nu ăsta e modul în care mi-am imaginat eu că o să se desfășoare lucrurile și nu așa m-am gândit că o să aflu câte ceva despre tine, dar nu contează. Vreau asta, Kai. Te vreau pe tine.

Se apropie și mă sărută încet. Nu-mi vine să cred că e aceeași persoană care a răbufnit în urmă cu o jumătate de oră. Aceeași persoană din mașină.

Același Malakai care într-o zi a decis că nu mai vrea să trăiască.

— Hannah?

— Da?

Îl privesc cu ochii larg deschiși, memorând fiecare trăsătură a sa.

— Cred că ar trebui să știi că am decis să nu mă întorc la școală.

Mă încrunt. Discuțiile infinite pe care le-am purtat cu ai mei pe tema importanței educației ies la iveală, dar le închid într-un sertar pe care nu am de gând să îl deschid în seara asta. Malakai are probleme mai importante pe care trebuie să le rezolve. Cu care trebuie să se lupte. Nu-mi vine să cred că mă gândesc la asta, dar cred că școala poate să mai aștepte puțin.

— Ești sigur? Cred că dacă te întorci acum, ai putea să o scoți la capăt.

— Nu vreau să mă întorc acum. Am vorbit deja cu Marta și i-am spus că o să renunț. Nu a părut prea încântată. De fapt, nici nu a fost de acord cu asta, așa că mai trebuie să vorbesc cu ea, dar... nu mă întorc.

— Fă ce simți nevoia să faci, Kai. Poți să te întorci anul viitor.

— Sigur.

Dacă voi mai fi în viață.

Nu vreau să o fac, însă mormăitul lui se traduce automat în mintea mea și sună exact așa. Malakai nu știe unde va fi. Când va fi. Și nici dacă va mai fi. Strâng din dinți și încerc să nu plâng.

Îmi este adusă mâncarea și mă dezlipesc cu regret de el. Iau câteva guri, dar chiar nu pot să mănânc, iar lui Malakai nu îi ia mult să își dea seama că am avut propriul plan.

– Nu puteam să te las să pleci, îi explic. Nu voiam să pleci, accentuez.

– Pentru că sunt atât de important, râde amar.

– Ești, mârâi.

În drum spre casă, refuz să îmi dezlipesc degetele de ale sale. Îi fur căldura și nu vreau să îi mai dau niciodată drumul. Mă tem de secunda în care voi intra în casă. Mă tem de secunda în care el se va îndepărta de mine.

– Malakai, promite-mi, îi spun în cele două minute pe care le petrecem în fața casei.

– Ce?

Pe frunte îi apar riduri.

Mie mi se formează un nod în gât din cauză că nu știu cum să formulez ceea ce gândesc.

– Promite-mi că o să rămâi în viață, șoptesc cu ochii în lacrimi.

– Nu pot.

Inima pur și simplu nu-mi mai bate.

Trebuie să mă gândesc repede la ceva, altfel întreaga seară va fi lipsită de importanță.

– Promite-mi că o să fii mâine în viață, reformulez.

Se gândeşte pentru câteva secunde. E concentrat şi arată de parcă analizează avantajele şi dezavantajele acestui lucru.

— Promit, oftează în cele din urmă.

— Accidentul...

— Nu acum, Anna.

— Dar...

Mormăie ceva indescifrabil. Nu, nu mormăie. Aproape mârâie.

Înainte să cobor, îl sărut. Nu pentru că el ar avea nevoie de asta, ci pentru că eu nu pot trăi fără asta.

Și, după ce fac un duș și mă schimb în pijamale, îi trimit un mesaj.

Promite-mi.

Promit, vine răspunsul lui.

Sunt uşurată, dar asta nu mă împiedică să adorm plângând. Cum de nu mi-am dat seama până acum?

E prea mult pentru mine.

Realitatea lui Malakai nu e deloc frumoasă

Luni. Abia dacă am închis un ochi toată noaptea. Mintea mea e încărcată cu statistici legate de sinucidere. De cauze și de noțiuni precum *patologie psihiatrică*. Anual, aproximativ 800.000 de morți se datorează sinuciderilor.

Însă a lui Malakai nu va fi una dintre ele.

Așa că îl sun pe Alek și îi spun că trebuie să vorbim. Nu îmi pasă că e dimineață și că poate dormea. Ar fi trebuit să vorbesc aseară cu el, însă am fost copleșită.

Când cobor la micul dejun, bunica îmi spune că își face griji pentru mine. Conform spuselor sale, arăt îngrozitor. Sau mai îngrozitor decât de obicei, oricum.

– Sunt bine. Doar că nu prea am reușit să dorm. Atâta tot.

Nu mă crede. Știu că nu mă crede. Sincer, nici măcar eu nu mă cred.

– Hannah, s-a întâmplat ceva?

Clatin din cap și mănânc mai repede. Ca să pot pleca mai repede. Nu mi-e foame, dar nu vreau să îi dau și mai mult de bănuit. Când mă ridic de la masă, aproape alerg spre ieșire. O sărut pe obraz înainte să ies din casă, apoi merg pe jos până la școală.

Mai sunt aproximativ trei sferturi de oră până când începe primul curs. Cafeneaua de peste drum, unde trebuie să mă întâlnesc cu Alek, e goală - e mult prea devreme - și aproape mă simt prost pentru că mă aflu aici. Aproape. Am nevoie de niște răspunsuri.

Mă așez la o masă lângă geam și îl aștept. Malakai nu ar fi de acord cu ce fac eu acum. Dacă ar afla, probabil că ar fi dezamăgit de mine, iar atitudinea lui s-ar schimba din nou la o sută optzeci de grade. Însă nu știu ce altceva să fac.

Alek își face apariția cinci minute mai târziu. E somnoros și cred că mă urăște puțin.

— Salut, îmi zice, în timp ce se lungește pe scaun.

— Bună dimineața, răspund cât mai veselă, dar Alek mă citește imediat și își dă seama că nu e în regulă ceva.

— Am impresia că suntem aici ca să vorbim despre Malakai și am nevoie de o cafea ca să pot face asta. Vrei ceva?

— Tot o cafea.

Merge să comande și se întoarce câteva minute mai târziu cu cele două cafele.

— Malakai știe că ești aici?

Clatin din cap.

— Cred că trebuie să îmi explici unele lucruri.

Încuviințează și își toarnă lapte în cafea. Amintirea ultimului sărut cu Alek e îndepărtată. Încețoșată. Simt că nu eu am fost acea persoană care l-a găsit pe Alek atrăgător la un moment dat. Doar o altă versiune de a mea, care acum nu mai există.

— Nu știu prea multe, dar o să îți spun ce știu, chiar dacă există riscul ca Malakai să mă omoare.

Înghit în sec. O parte din misterul care îl înconjoară pe Malakai e pe cale să îmi fie dezvăluit, dar nu mă bucur. Din contră. După tonul posac al lui Alek, până și lui îi este greu să vorbească despre asta.

— Probabil ai auzit zvonurile despre Malakai. Cum că a luat-o razna din senin, dar nu e adevărat. Mereu a fost dificil. Îl cunosc de când eram mici. E cel mai bun prieten al meu, afirmă Alek. Dificil nu e chiar un cuvânt potrivit... Mai degrabă instabil.

E trist că ăsta este unul dintre cuvintele pe care le-aș folosi și eu atunci când trebuie să îl descriu pe Malakai.

Instabil.

Nu-mi place cuvântul ăsta.

— Apoi, în vacanța de vară din al doilea an de liceu, a plecat cu familia sa. Și probabil știi că s-a întors un an mai târziu, singur.

Zvonurile. Da, le-am auzit.

— Ce s-a întâmplat în acea vară?

— Părinții lui au murit într-un accident de mașină. Fratele său a ajuns în închisoare. Iar el a încercat să se sinucidă.

Propozițiile sale sunt sacadate și am nevoie de timp ca să le pot înțelege pe fiecare în parte.

— Iisuse! spun mai mult pentru mine.

— În vara aia, făceam voluntariat la o clinică de psihiatrie. E pe undeva la ieşire din oraş, retrasă. Puțină lume știe că există aici. Cred că ăsta este unul dintre motivele pentru care lumea nu a aflat niciodată că Malakai a fost internat acolo. Asta, plus banii pe care i-a plătit mătușa lui pentru confidențialitate. E complicat, Hannah. Și sunt multe lucruri pe care nu ți le pot spune. Nu e treaba mea.

Încep să îmi rod obrazul. Vreau să aflu până și cel mai nesemnificativ lucru pe care îl știe Alek despre Malakai, dar sunt recunoscătoare pentru orice primesc. Încerc să nu fiu egoistă și să înțeleg și poziția în care se află Alek. Să mă gândesc la reacția lui Malakai dacă ar afla că eu și Alek avem această discuție. Nu s-ar sfârși bine pentru nimeni.

— În fine, în vara aia am făcut voluntariat acolo. Am fost al dracului de surprins când mi-am văzut cel mai bun prieten internat. Am fost șocat să aflu că prietenul cel mai bun al meu a încercat să se sinucidă, iar eu n-am știut. În vara aia am pierdut legătura. El trebuia să petreacă toată vacanța în Europa cu familia lui, așa că nici nu mă așteptam să vorbim prea mult. Dar să îl văd acolo...

Alek oftează și ia o gură de cafea. Eu nici nu m-am atins de a mea.

— Apoi s-a întors la școală, dar după vara aia nu a mai fost el. Nici înainte nu era el. Nu știu cum să îți explic, Hannah. De la Malakai nu știi niciodată la ce să te aștepți. Ce urmează să facă sau ce urmează să spună. Doar că după acea vară... s-a schimbat ceva. În rău.

Încerc să înțeleg tot ce îmi spune Alek acum. Încerc să nu plâng de la ora asta și nici să îmi las gândurile să o ia razna.

— Și tot ce ai făcut până acum?

— Cred că te pot lumina în privința asta, zâmbește puțin mai binedispus. Malakai te-a acceptat de la bun început. Știu că nu mă crezi, dar după acea vară, abia dacă a mai interacționat cu noi, iar atunci când a făcut-o, a fost doar pentru... distracție. Apoi, a avut accidentul și tu ai fost acolo și, cumva, pe tine a tot acceptat să te vadă. Chiar dacă te-a tratat ca pe ultimul om uneori, te-a acceptat în preajma lui. Pe noi doar refuza să ne vadă sau ne scotea pur și simplu afară.

— În acea sâmbătă când eu am fost la el și voi ați plecat nervoși...

— Da, aia a fost una dintre zile. A mai fost una la spital, în care a aruncat cu o vază după noi, pufnește.

Nu știu dacă Alek știe ce se petrece între Malakai și mătușa lui, dar nu am de gând să deschid subiectul ăsta. Cumva, deși vreau să aflu cât mai multe lucruri despre Malakai, simt nevoia să îi protejez intimitatea. Simt nevoia să țin pentru mine tot ceea ce am reușit să aflu pe cont propriu despre el.

— Dar Malakai nu ar fi recunoscut niciodată că are nevoie de tine. Sau că simte ceva pentru tine. Cred că ai reușit să îl îngrozești puțin.

— Și ai tot încercat să îl faci să reacționeze, spun. Să recunoască mai mult pentru el.

Alek încuviințează. În ochii lui aproape gri văd aceeași tristețe pe care o simt și eu. Împărțim ceva.

— Dar m-ai sărutat și atunci...

— Știu, mă întrerupe. Erai beată și nici eu nu m-am gândit prea mult la asta. Dacă știam că o să te dea peste cap, nu aș fi făcut-o.

Îmi cuprind fața în palme.

— Și când Malakai mi-a cerut să ieșim?

— Chiar el mi-a spus de ce avea de gând să facă. N-am vrut să te simți înjosită, așa că am găsit o soluție.

— De ce a venit cu Charlotte? șoptesc.

Multe lucruri încep să capete sens. Mă bucur că am discuția asta cu Alek. Nu e doar revelatoare, însă îmi face ordine în sentimente.

— Cred că aia a fost ultima lui încercare de a te îndepărta de el. Vezi tu, Malakai are impresia asta tâmpită că nu te merită. Că nu merită pe nimeni, de fapt. Uneori îi spune și Martei că o concediază, dar, din fericire, ea îi cunoaște situația mai bine decât oricine altcineva.

— E posibil să-mi fi menționat și mie ceva despre asta. Cum că nu mă merită sau că nu poate să-mi ofere normalitate...

— Nu l-am mai văzut pe Malakai atât de relaxat ca ieri de multă vreme.

— S-a schimbat complet după ce am plecat.

Alek își dă ochii peste cap.

— O să facă multe rahaturi. A făcut deja suficiente. Nu doar în ceea ce te privește, dar și eu am dificultăți în a mă înțelege cu el. După acea vară, ceva s-a rupt și, orice aș face, e ca și cum nu mai sunt prietenul său.

— Și, totuși, nu renunți la el.

— Nu. Pentru că sunt alte lucruri pe care nu ți le pot spune. Dar nu pot renunța la Malakai, la fel cum nici tu nu poți.

Nu, nu pot. Mă gândesc la tot ce am aflat în ultimele minute și mă întreb dacă Alek nu avea cumva dreptate. Dacă nu cumva sunt îndrăgostită de el. Doar că noțiunea de dragoste e atât de ciudată în aceste circumstanțe... Pe cine iubesc, mai exact? Nu mă sperie asta. Ar trebui, dar nu o face. Îmi pasă de Malakai. Țin la Malakai. Dacă nu îmi păsa, nu m-aș fi întors mereu la el. Nu aș fi încercat să îl scot din zona de confort. La început mi-am dorit doar să îi fiu prietenă și să îl înțeleg. Dar timpul a trecut și nu l-am înțeles, dar am ajuns să țin prea mult la el.

— Nu, nu pot, îi confirm. Nu știu de ce, dar nu pot.

— Malakai are nevoie de tine, Hannah.

Îmi mușc limba până la sânge. Mă gândesc să îl întreb dacă știe că, de fapt, accidentul lui Malakai s-ar putea să nu fi fost un accident.

— Uneori am impresia că lucrurile devin din ce în ce mai rele, recunosc.

Alek îmi susține privirea pentru câteva secunde. Mă foiesc pe scaun.

— Și o să fie zile în care o să devină și mai rele, zâmbește aproape trist.

— Ăsta da mod de a-mi ridica moralul.

— Vreau doar să știi în ce te bagi, Hannah. Vreau doar să știi că realitatea nu e frumoasă. Oricum, nu a lui Malakai.

Am știut asta din prima zi în care l-am întâlnit. Mi-am dat seama că lucrurile în lumea lui nu sunt așa cum ar trebui, însă asta nu m-a împiedicat să fiu acolo mereu. E cam târziu să dau înapoi. E cam târziu să mă sperii și să îmi spun că nu, nu vreau să mai fac asta. Nu acum, când am aflat o parte din trecutul lui Malakai și lucrurile încep să capete sens.

— Aș aprecia dacă Malakai nu ar afla că discuția asta a avut loc.

— Promit că nu o să afle, îi zâmbesc recunoscătoare. Și mulțumesc, Alek. Pentru tot.

— Inclusiv pentru săruturi, nu?

Râde și știu că subiectul Malakai tocmai a fost închis. Probabil că da. Ar trebui să îi mulțumesc și pentru asta, altfel nu mi-aș fi dat seama de cât de puternice sunt sentimentele mele pentru Malakai.

— Nu întinde coarda, îl avertizez zâmbind.

Își ridică palmele, bătând în retragere.

De la cafenea, ne îndreptăm direct spre liceu. Ziua trece cu greu și încerc să îi evit pe Emily și Elliot. Simt că e prea mult și nu le pot face față acum. Deși iau note mari la toate testele pe care le-am dat în ultima perioadă, nu mă pot bucura.

Îi trimit câteva mesaje lui Malakai, însă nu primesc niciun răspuns. Când ies de la ore îl sun, dar nu îmi răspunde.

Acasă, încerc să par cât mai binedispusă în fața bunicii. Își face griji pentru mine. Prea multe griji și nu vreau asta. Îi sunt datoare cu menținerea iluziei fericirii.

Îmi fac temele și încerc să îmi ocup mintea cu orice mă poate ține ocupată și concentrată.

Dar e seară și tot nu reușesc să dau de Malakai.

Îmi iau inima în dinți și îi trimit ultimul mesaj pe seara asta.

Promite-mi.

Degetele îmi tremură deasupra ecranului. Nici pe mess nu l-am văzut toată ziua și mă tem că nu o să primesc niciun răspuns. Că lumea mea o să se prăbușească.

Sunt pe cale să mă îmbrac și să străbat drumul până la conac, când îmi sună telefonul:

Promit.

Plâng. Dar astea cred că sunt lacrimi de fericire.

Cred ca o să fac o excepție și o să te iubesc

Vineri.

Malakai D'Andre e aici.

Ies de la ore și el e aici. În fața școlii, sprijinit de Jeep. Poartă o geacă de piele neagră, jeanși de aceeași culoare și un hanorac vișiniu. Își ascunde ochii după niște ochelari pătrați de soare și, chiar dacă mă aflu la o distanță considerabilă față de el, îl simt privindu-mă. Am rămas pe loc și mă uit la el pierdută. Am nevoie de cineva să mă ciupească și să îmi spună că este adevărat, pentru că, Dumnezeule! săptămâna asta a fost oribilă. În afară de promisiunea pe care l-am obligat în fiecare seară să mi-o facă, nu am vorbit deloc cu Malakai.

Nu știu ce a făcut.

Nu știu unde a fost.

Și nu contează.

Contează că e aici – în carne și oase – și respiră.

Ar trebui să fiu furioasă pentru că a dispărut întreaga săptămână, mai ales după ultima noastră discuție. Știu că ar trebui, însă bucuria pe care o simt înghite orice urmă de furie pe care o simțeam și mă trezesc că merg spre el. Nu, nu merg spre el. Aproape alerg și nu mă opresc decât atunci când sunt lipită de el, cu brațele înconjurate în jurul gâtului său și îi simt căldura corpului radiind spre mine.

— Și eu mă bucur să te văd, Hannah, îmi șoptește în ureche, provocându-mi fiori în tot corpul.

— O, Doamne! șoptesc la rândul meu. Ești aici.

— Sunt aici, îmi confirmă.

Probabil că arăt ca o nebună. Probabil că ne vede jumătate din școală acum, dar pur și simplu nu îmi pasă.

— Chiar ești aici, repet râzând.

— Chiar sunt aici.

Îmi ridic fața de la pieptul său doar ca să mă ridic pe vârfuri și să îl sărut. Ar trebui să fie un sărut nevinovat, dar se transformă repede când Malakai își strecoară mâna în părul meu și mă prinde de ceafă, trăgându-mă mai aproape de el. Limba lui e fierbinte și moale, cu gust de fructe și tutun. Îmi cobor mâinile și îi strâng marginile gecii în pumni, ridicându-mă și mai mult pe vârfuri. E ca și cum mi-a lipsit o parte din mine și nici măcar nu mi-am dat seama de asta până acum.

— Poate ar trebui să plecăm de aici, îmi spune printre săruturi.

Încuviințez, deși nu sunt pregătită să mă îndepărtez de el.

— Ce ai mai făcut? mă întreabă un minut mai târziu, când suntem în mașină și îmi pun centura.

— Știi tu, ca de obicei. Am mers la școală, am încercat să nu rămân la nicio materie și am așteptat ca iubitul meu să își facă apariția.

Zâmbește. Apoi se încruntă foarte repede. Abia acum îmi dau seama că m-a luat gura pe dinainte. Tocmai mă pregătesc să îmi cer scuze, când el spune:

— Îmi place cum sună asta.

Zâmbetul lui e jucăuș acum, iar ochii lui albaștri au o sclipire neobișnuită.

— Mă bucur să te văd, Kai.

— Am observat.

Îi dau un pumn în umăr.

— Îmi pare rău că am lipsit săptămâna asta... Am fost... N-ai fi vrut să stai cu mine... mh... în starea aia.

Mi se formează un gol în stomac. Malakai a fost într-un loc nu prea plăcut săptămâna asta și toată bucuria pe care am simțit-o atunci când l-am văzut se risipește ușor, ușor. Nu a vrut să fiu alături de el, indiferent de cât de neplăcută ar fi fost compania lui.

— Mereu vreau să stau cu tine, zic pe un ton destul de prietenos în comparație cu tot ce simt acum.

— Știu, știu, zice, în timp ce pornește mașina. Și eu vreau să stau cu tine... Doar că săptămâna asta n-a fost prea plăcută. Și mă așteptam să fii mai... furioasă.

— O! Dar sunt furioasă. Nu o să te mai sărut deloc vreo cinci ani, râd.

— Nu crezi că e o pedeapsă cam aspră? La urma urmei, încă sunt în viață.

Îmi rotesc privirea spre el și mă uit la el pierdută. Cred că mi s-a stins toată viața din ochi. Simt cum se stinge toată viața din mine. Nu-mi dau seama dacă Malakai e binedispus sau doar se preface. Nu pot să îmi dau seama de nimic atunci când sunt cu el. E un actor bun. E un actor excelent și nu mă lasă să văd nimic din ceea ce nu ar vrea.

— Rahat! N-am vrut să sune așa.

Îmi încrucișez brațele la piept și îmi las capul pe spate. Nu pot să îl privesc în secunda asta. O să încep să plâng și vreau să evit asta cu orice preț. Îmi rotesc capul spre geam, deși efectiv văd doar cum clădirile trec prin fața mea, dar nu conștientizez nici măcar unde suntem.

— Te-ai supărat?

Își mută mâna pe genunchiul meu și mă strânge ușor.

— Nu m-am supărat, mint.

Relativ. Mint și nu chiar. Nu mă supără. Nu pot să descriu ce sentimente stârnește Malakai ori de câte ori spune lucruri de genul ăsta. Vreau să îl omor doar pentru că se gândește la asta. Vreau să îl strâng în brațe. Vreau să plâng. Vreau să îl bat. Vreau să țip. Vreau să îi spun că îl iubesc. Vreau să îi explic cât de mult îl iubesc, însă nu îmi găsesc cuvintele.

— Ba da, te-ai supărat.

— Nu m-am supărat. Imaginează-ți că eu aș spune asta, îmi întorc privirea spre el și încep să îmi frământ degetele.

O umbră de îngrijorare combinată cu furie îi umbrește trăsăturile.

— Exact, oftez. Așa mă simt și eu ori de câte ori...

Am un nod prevestitor de lacrimi în gât.

— Nu o să mai vorbesc despre asta.

— Vreau să vorbești despre asta! țip la el. Vreau să vorbești despre asta ori de câte ori simți nevoia să o faci. Vreau să știu ce ți s-a întâmplat. Vreau să știu orice îți trece prin minte. Și vreau să mă suni, indiferent de starea în care ești, înțelegi?

Degetele îi zvâcnesc pe genunchiul meu.

— A fost mai bine săptămâna asta, vorbește pe un ton atât de jos, încât dacă nu ar fi atât de liniște în mașină, nu l-aș auzi. Iau medicamentație pentru o mulțime de rahaturi. Și a încetat să funcționeze în ultima perioadă. Asta, plus faptul că am cam încetat să-mi iau pastilele. Și n-am vrut să mă întâlnesc cu tine până când n-am fost sigur că aș fi putut să te fac să zâmbești. Evident, nu pot. Nu trebuia să vin.

Malakai e ori închis în sine, ori dureros de sincer. Atât de sincer, încât mă aduce în pragul disperării cu răspunsurile sale, care mă lasă fără replică de fiecare dată.

Îmi așez mâna peste a lui.

— Mă bucur să te văd, Kai. De fapt, n-am fost atât de fericită întreaga săptămână. Mă bucur că ai venit. Îmi doresc doar să o fi făcut mai repede.

— N-am putut.

— Știu. Sunt egoistă.

— Ești orice, dar mai puțin asta. Povestește-mi cum a fost săptămâna ta.

Îi spun cum a fost săptămâna mea. Îi povestesc toate lucrurile lipsite de sens de care am avut parte la școală, de faptul că bunica m-a interogat de câteva ori și amintesc până și de discuția scurtă pe care am avut-o cu mama. Las pe dinafară conversația pe care am purtat-o cu Alek. Nu îi spun nici că mă bucur că s-a decis să își ia pastilele și nici nu întreb pentru ce, mai exact. Îi spun, în schimb, că mi-a fost dor de el.

— Nici nu se putea altfel, îmi răspunde rânjind.

Îmi dau ochii peste cap. În următoarele minute, tot eu sunt cea care vorbește, iar el pare fascinat de fiecare prostie pe care o spun. Tac abia când oprește în fața casei.

— Vrei să intri?

— Vrei să intru?

Își arcuiește o sprânceană.

— Da. Tu vrei?

Sunt uimită de ușurința cu care am recunoscut asta. Drept răspuns, Malakai zâmbește și coboară din mașină. Bunica nu pare surprinsă să îl vadă aici. Mai mult, ne obligă să mâncăm, chiar dacă Malakai spune că nu îi este foame, iar eu nu pot mânca din cauza faptului că el se joacă cu furculița în mâncare și nu mă scapă deloc din privire. Înghit cu greu pe durata mesei, mai mult în sec, apoi mai petrecem o oră cu bunica. Ne face câte un ceai și stăm în bucătărie.

Eu nici nu prea vorbesc, pentru că ei par să se înțeleagă bine și sunt fascinată de fiecare cuvânt pe care îl rostește Malakai. Stau în aceeași poziție până amorțesc și, în cele din urmă, bunica se scuză și pleacă. Se pare că ședința de croșetat și bârfit împreună cu prietenele ei nu poate să mai aștepte. Am fost și eu invitată de câteva ori și am scăpat ca prin urechile acului.

— Vrei să urci? îl întreb pe Malakai după ce spăl ultima farfurie.

— Vrei să urc? răspunde pe un ton arogant.

— Nu știu. Tu vrei?

— Tu m-ai invitat, continuă să rânjească.

— Nu te-am invitat, clatin din cap. Ți-am adresat o întrebare. Dar dacă vrei să urci, amintește-ți că am promis să nu te sărut.

— Te-ai făcut înțeleasă.

Aparent, nu suficient. După ce deschid ușa de la camera mea, Malakai mă rotește spre el și își lipește buzele de ale mele înainte să am timp să protestez. Gem involuntar și mă agăț de el, în căutarea echilibrului. Închide ușa în urma lui și îmi cuprinde obrajii în palme. Stârnește valuri de sentimente în mine. Sau face ca sentimentele să vină în valuri. Fiecare mai puternic decât celălalt. Conștientizez cât sunt de pierdută. Îi împing geaca în jos pe umeri și încep să mă îndrept cu spatele spre pat.

— Deci, nu vrei să mă săruți, dar mă dezbraci?

Se lasă ușor deasupra mea, iar eu îl trag mai aproape de mine și îl sărut, în loc să îi răspund. Nu sunt sigură cât de departe ar trebui să mergem, iar Malakai nu insistă cu nimic. Se mulțumește doar să mă sărute chinuitor de mult și prelung, dar nu face niciun gest care să-mi forțeze mâna.

Asta mă face doar să îl iubesc și mai mult.

Pe seară, Malakai stă lungit pe pat, în timp ce eu stau cocoțată pe scaunul de la birou, încercând să îmi fac temele. Oftez zgomotos, ceea ce îi atrage atenția. Se ridică grațios și vine în spatele scaunului meu, aruncând o privire pe deasupra mea la caiete.

— Groaznic, Anna. Groaznic. Credeam că nu rămâi la nimic.

— Păi... nu rămân!

— Ești sigură? Nimic din ce ai scris nu e bun.

Îi arunc o privire îngrozită.

— Ce nu-i bun? Unde?

Malakai a renunțat la școală. Pentru că nu poate să îi facă față în acest moment, nu pentru că nu ar fi inteligent. Iar asta mă enervează. Simt cum Malakai renunță la toate planurile de viitor. Mai degrabă, cum ezită să își facă planuri, pentru că știe că nu le va duce la bun sfârșit. De parcă știe că nu va exista cineva care să facă asta.

— Aici... și dincolo, mormăie fără să îmi arate concret.

— Unde?!

Începe să râdă. E râsul lui autentic și cald.

— Glumeam, Anna. E bun. Nu înțeleg de ce tot oftezi.

Iau caietul și îl lovesc cu el.

— Mulțumesc că m-ai luminat și pe mine.

— Cu plăcere, râde. Ai nevoie de ajutor?

Clatin din cap și mă rotesc cu scaunul ca să pot să mă aflu față în față cu el.

— Kai?

— Da.

— Te-ai retras de la școală?

Clatină nefericit din cap.

— Nu încă. Marta... Încă nu am convins-o că asta vreau să fac.

Inhalez adânc.

— N-ar trebui, spun. Știu că asta e ceea ce vrei să faci și știu că ți-am promis că te susțin indiferent de ce decizie o să iei, dar cred că ar trebui să vii. Evident, n-ai probleme la materii, iar note ai. Și directorul a zis destul de clar că nu o să pierzi anul, așa că... Poate ar trebui să te răzgândești. Te rog să te răzgândești.

— Nu cred că...

— Ce pot să fac ca să te întorci?

Cred că i-am atras atenția. Poate că o parte din tot ce am văzut în acele luni la Malakai îl reprezintă. Poate că, totuși, ceva e real din tot ce am văzut până acum, deși uneori nu pare așa.

— Dacă ți-aș datora încă o favoare? încerc. Orice vrei tu.

— Oricum faci ce vreau eu, Anna. Nu poți să-mi rezisti.

Am de-a face cu mai multe personalități de-ale lui Malakai, dar încep să mă obișnuiesc. Mai mult, încep să îmi dau seama cum funcționează fiecare și ce ar trebui să fac.

— S-o crezi tu!

Ca să își argumenteze punctul de vedere, se apleacă spre mine și mă sărută.

— O s-o fac, șoptește deasupra buzelor mele.

În primele secunde mă tem că glumește, dar îl privesc cu atenție și e... serios. Mai mult, afișează zâmbetul ăla idiot de care cred că m-am îndrăgostit de la bun început.

— Poftim?

— O să mă întorc la școală, dacă asta o să te facă pe tine fericită.

— Cred că o să fac o excepție și o să te sărut acum, râd.

— Cred că o să fac o excepție, Hannah, și o să te iubesc.

Clipesc nedumerită, respir sacadat și încerc să îmi liniștesc inima. Malakai mă privește călduros, ca pe ceva drag la care nu vrei să renunți niciodată, iar inima mea o ia razna.

— Îmi place cum sună asta, zâmbesc. Cred că o să fac o excepție și o să-ți întorc favoarea.

Își ridică sprâncenele uimit, apoi mă sărută din nou.

În seara asta, când mă pregătesc să îi dau mesaj, Malakai mi-o ia înainte.

Promit.

Paranoia

Dacă asta mă face pe mine fericită.

Asta mă face...

Nu pot să exprim în cuvinte cum mă simt acum. Nu doar că mai am puțin și încep să tremur din toate încheieturile, dar am senzația că mi-a ajuns stomacul în gât și că urmează să vărs în curând.

Iar ultimul lucru pe care vreau să-l fac e să-mi vărs micul dejun la intrarea liceului. M-am oprit doar pentru că, într-o fracțiune de secundă, hărmălaia obișnuită a încetat și toată lumea a întors capul spre parcare. Mă simt ca într-o scenă cu încetinitorul, scoasă dintr-un film ridicol cu adolescenți. Doar că ăsta nu este un film ridicol de stupid cu adolescenți. Asta e viața mea și, oricât de mult mi-aș dori acum să o iau la goană și să mă ascund, nu mă pot mișca.

Singurul lucru pe care pot să-l fac e să-mi rotesc și eu privirea spre parcare.

Știu la ce să mă aștept încă dinainte să mă întorc.

Pentru că numele lui e pe buzele tuturor.

Nu e mai mult de o șoaptă, dar e prezent. Ca un bâzâit constant și enervant și nu suport să-i aud numele rostit de buzele celor care până acum voiau să afle cele mai picante detalii ale accidentului. Mă înfurie și-mi vine să țip, dar tot ce pot să fac e să inspir adânc, încercând să mă controlez.

D'Andre.

Nu mă miră faptul că a preferat să scoată Jeep-ul din garaj, în loc să apeleze la serviciile șoferului, dar ar fi o minciună dacă aș spune că nu sunt surprinsă să-l văd aici. În parcarea liceului.

S-a întors de-adevăratelea? Are de gând să rămână? A făcut-o pentru că are impresia că asta mă face fericită și, din nu știu ce motiv, Malakai simte că mi-e dator cu flori, ciocolată și fericire? Și ce o să se întâmple acum? O să mă ignore de parcă nu ne cunoaștem?

E prea mult. Mult, mult prea mult. Trebuie să încetez, înainte să-mi ia foc creierul din cauza atâtor întrebări. Au trecut mai puțin de douăsprezece ore de când mi-a promis că o să se întoarcă. De când mi-a spus că o să facă o excepție și o să mă iubească. Poate că nu doar întrebările sunt prea multe, ci și sentimentele. Pentru că simt prea mult, dar, de fapt, nici măcar nu sunt sigură ce simt cu adevărat.

Sunt fericită.

Sunt speriată.

Sunt îngrozită.

Încerc să ignor șușotelile din jurul meu și mă concentrez doar asupra lui. I-aș zâmbi, dar sunt terifiată de gândul că o să treacă pe lângă mine de parcă suntem doi străini - pentru că asta e ceva ce Malakai ar fi în stare să facă. Să nege că am petrecut chiar și o secundă unul în prezența celuilalt. Să aleagă calea cea mai ușoară - pentru că și asta e ceva ce ar face Malakai.

Nu se oprește să dea explicații nimănui.

Asta nu mă surprinde.

Nu aruncă nicio privire în jurul lui.

Nici asta nu mă surprinde.

Își așază ghiozdanul pe umăr și continuă să pășească sigur pe el, de parcă nu ar fi suferit un accident. De parcă nu ar fi lipsit câteva luni de la școală. De parcă numele său nu a fost pe buzele fiecărui locuitor al orașului.

Privirile noastre se întâlnesc și simt un fior rece coborând de pe șira spinării până în vârful degetelor de la picioare.

Un zâmbet larg îi înflorește pe buze. Un zâmbet care îmi este adresat mie.

Ei bine, asta mă surprinde.

Ajunge în fața mea înainte să mă dezmeticesc. Înainte ca ritmul respirației mele să revină la normal.

— Arăți de parcă ai văzut o fantomă, îmi spune înainte să se aplece spre mine.

Nu-mi dă timp să caut o explicație, să-i ofer un răspuns. Buzele i se unesc cu ale mele și, da, poate că am fost împietrită până acum și, da, poate că arăt de parcă am văzut o fantomă, dar se dovedește a fi imposibil să nu îi răspund la sărut. E un reflex, precum respiratul.

— M-ai luat prin surprindere, șoptesc deasupra buzelor sale, înainte să se retragă.

— Dacă îți vine să crezi, m-am trezit în dimineața asta și mi-am amintit că am făcut o promisiune unei anumite persoane.

— Și cum tu nu îți încalci promisiunile...

— Niciodată, își duce mâna la inimă, teatral.

Nu știu dacă vorbim despre întorsul la liceu sau despre cealaltă promisiune. Cea pe care uneori l-am forțat să o facă; cea pe care uneori o face din proprie inițiativă.

— Știu că nu vrei să fii aici, îi spun, în timp ce îl iau de mână și îi zâmbesc încurajator. Și îți mulțumesc că ai venit. Că încerci.

Mă urăsc pentru că în urmă cu doar un minut mă gândeam că s-ar putea să mă ignore.

— Având în vedere cât de greșit îți faci temele, nu prea mi-ai dat de ales.

Îmi dau ochii peste cap, apoi îl trag de mână. Nu vreau să mai rămânem afară, unde toată lumea e cu ochii pe noi. Îmi aduce aminte de toată atenția care a fost îndreptată asupra mea după accident și aș vrea ca acele amintiri să rămână îndepărtate.

Alek stă sprijinit de un dulap și vrăjește o tipă din anul doi. Îmi face din ochi când trecem pe lângă el și aruncă o privire pe fugă la mâinile noastre împreunate. Drept răspuns, îi zâmbesc.

— Nu pot să spun că mi-a fost dor de toată... asta, pufnește când trecem pe lângă un grup care se oprește din vorbit.

— O să fie mai bine, spun cam nesigură. Cred că nu sunt singura care a fost luată prin surprindere. Atâta tot.

— Asta e partea aiurea când ești Malakai D'Andre, râde sec. Bine, una dintre părțile aiurea. Nu ai unde să te ascunzi. Nu ai unde să fugi. Pentru că toată lumea e cu ochii pe tine, dar adevărul e că nimeni nu te vede cu adevărat.

— Kai, îi șoptesc numele, pregătindu-mi deja discursul de susținere a moralului.

— E în regulă, mă strânge ușor de mână. Nici nu am nevoie să mă vadă, Anna. Niciun substrat de-al meu nu e plăcut și cred că e în natura umană să ne ferim de lucrurile la care nu știm cum să le facem față.

Încep să cred că nu am băut suficientă cafea. Sau e doar prea devreme pentru discuția asta. Sau poate că Malakai iar a uitat să-și ia pastilele, ceea ce ar fi puțin amuzant dacă ar fi vorba de oricine altcineva, dar nu de el. E vorba de Malakai și se pare că trebuie să fiu în alertă mereu.

– Mai puțin tu, evident, îmi aruncă o privire fugitivă și-mi zâmbește. Pentru că tu te arunci fix în mijlocul furtunii.

O să-l întreb dacă totul e în regulă. Nu-mi vine nicio altă întrebare în minte.

– Ești bine?

Încuviințează, dar ăsta nu e un răspuns.

– Kai?

Trecem pe lângă un alt grup, de data asta doar băieți, și arată de parcă sunt pe cale să facă niște comentarii, dar o singură privire din partea lui Malakai e de ajuns ca să îi convingă să se răzgândească.

Obișnuiam să fim locuitori din universuri diferite. Nu știu mare lucru despre Malakai cel dinainte de accident, dar am auzit numai lucruri „drăguțe". Nu sunt surprinsă că e întâmpinat cu răceală și cu o mulțime de priviri aruncate pe furiș. Cu vorbe blocate în gât - probabil insulte sau remarci usturătoare.

– Da, inspiră adânc. Sunt bine.

Mă întreb dacă asta nu cumva a fost o greșeală. Poate că nu e suficient de pregătit încât să facă față la toate bârfele și privirile, iar eu sunt cea care i-a cerut să se arunce fix în mijlocul lor. Gândul ăsta mă face să mă simt cea mai oribilă persoană de pe planetă, dar nu vreau decât ca Malakai să găsească o cale să meargă înainte. Pentru că uneori îmi dă impresia că se blochează, că mai face câțiva pași înapoi și că nu are nicio intenție să schimbe ceva.

— Ascultă-mă, vocea îmi pare mult mai sigură decât mă simt în realitate.

Mă opresc, iar Malakai face același lucru. Se rotește spre mine și mă privește cu o sprânceană arcuită, curios.

— Poți să faci asta, îl asigur. O să faci asta. Pentru că da, ești Malakai D'Andre și toată lumea e cu ochii pe tine, dar n-ai dreptate. Eu te văd, Kai.

— Știu, închide ochii pentru câteva secunde și inspiră adânc, apoi îmi mângâie obrazul cu indexul. Mulțumesc, Hannah. Ne vedem la a treia oră.

Mă sărută pe frunte și dispare înainte să-l mai întreb ceva. Cum ar fi, de exemplu, de ce dispare dacă mai sunt vreo douăzeci de minute până când începe prima oră? Și de ce o să ne vedem abia la a treia oră?

Decid să nu încerc să-i mai dau de capăt. E mult, mult prea dimineață pentru asta. Pentru a-l descifra pe Malakai.

— Cum ai reușit să-l convingi să se întoarcă?

Alek mă ia prin surprindere când apare din senin lângă mine. Îmi dau seama că am rămas blocată în mijlocul holului, urmărindu-l pe Malakai.

— Cred că i-am rămas datoare cu o favoare, oftez.

— Of, Hannah. Asta n-are cum să iasă prea bine pentru tine, rânjește cu subînțeles.

— Nu, n-are, aprob. Ultima dată am ajuns să fac ceva nu tocmai... legal.

Acum, că mă gândesc la asta, mi se pare că totul a avut loc într-o altă viață. Toată acea perioadă în care Malakai refuza să vorbească și să iasă din casă. Sau poate că doar refuz să-mi amintesc fiecare secundă din nefericirea lui.

— Sunt... surprins, adaugă după o pauză.

Ridică indiferent din umeri, de parcă nu ar fi afectat de întoarcerea lui Malakai. Dar știu că oricât de mult încearcă să o ascundă, îl afectează într-o oarecare măsură.

— Nu știe că ai vorbit cu mine, încerc să-l liniștesc. Nu am scos o vorbă și cred că, dacă ar fi aflat, ar fi spus ceva legat de asta.

— Să sperăm că nici nu o să afle, îmi face cu ochiul și pare să vrea să își așeze o mână pe umerii mei, dar ceva îl face să se răzgândească destul de repede.

Acum doar mă privește stingher și mă face să mă simt oarecum ciudat. E unul dintre lucrurile care speram că nu o să se întâmple vreodată - eu și Alek, incapabili să interacționăm normal.

— Ne vedem la ore, zâmbesc și mă îndepărtez, deși habar n-am încotro o iau.

Dulapul meu e chiar lângă cel al lui Alek, așa că nu risc să-mi găsesc treabă acolo. Mă îndrept spre locul unde sper mereu că toate problemele mele o să dispară - spre toaletă. Din fericire, nu e nimeni înăuntru.

Mă spăl pe față și rezist impulsului de a-mi trage câteva palme.

Despre asta a fost vorba mereu - despre întoarcerea lui Malakai la școală. Doar că acum nu știu cum să fac față. Nici el nu pare să se descurce prea bine. La naiba, nici măcar Alek nu știe cum să se comporte, iar el este cel care mereu a părut să aibă o soluție pentru... ei bine, pentru orice.

Și am nevoie de Alek cel normal.

Și am nevoie ca Malakai să poată trece cu bine măcar peste primele zile.

Și, mai presus de orice, am nevoie să-mi revin.

Îmi fac curaj și ies din ascunzătoarea mea preferată. Îmi tot repet că e o zi normală și că nu s-a schimbat absolut nimic, dar o pot simți în aer. Pot să simt schimbarea adânc în stomac, ca un sentiment rău prevestitor.

O s-o iau razna, dacă o țin tot așa. Trebuie să îmi revin, îmi repet încontinuu, sperând că o să mă ajute.

— Anna...

Sunt aproape de intrarea în clasă când îl aud. E în spatele meu și îmi fură tot aerul încă dinainte de a mă întoarce spre el.

— Kai?

Mă rotesc încet. Sunt toată numai tensiune și nervi întinși la maximum.

Malakai se încruntă când dă ochii cu mine.

— Ce ai pățit?

Clatin din cap. Habar nu am cum să îi explic. Nu știu și nu pot nici măcar să-mi dau seama pentru mine ce se întâmplă și de ce sunt atât de tensionată când nu am efectiv niciun motiv.

— Nimic, mint.

— Anna...

Tonul său nu e amenințător, ci doar neîncrezător.

— Nimic, repet ceva mai veselă. Nu știu cum să îți explic.

— Încearcă, mă îndeamnă zâmbind, dar zâmbetul nu îi încălzește privirea.

— Îmi fac griji pentru tine. Atâta tot.

— Atâta tot, repetă Malakai.

Mă ridic pe vârfuri și îi iau obrajii în palme.

— Nu am nimic, repet cu toată siguranța de care sunt în stare. Sper doar ca totul să fie bine. Nu-ți face griji pentru mine.

— Ce crezi că o să se întâmple?

Multe.

— Nu cred neapărat că o să se întâmple ceva. Cred doar că... e o schimbare pentru tine.

— Și crezi că nu o să-i fac față?

Iar intru pe terenul ăla alunecos.

— Cred că ai nevoie de timp să te acomodezi, încerc să-l îmbunez, pentru că a naibii să fiu dacă știu de ce nu am tăcut.

Nu ar fi trebuit să îi spun că îmi fac griji pentru el. Discuțiile astea nu se termină niciodată bine.

— Cred că ai putea să mă ajuți - se apleacă și mă sărută scurt.

Când se retrage, încearcă să își înfrâneze un zâmbet și, după strălucirea din privirea lui, îmi dau seama că oricare ar fi fost pericolul, a trecut.

Urăsc să mă simt atât de neajutorată, ca pe ace, pășind prin nisipuri mișcătoare. Chiar și când nu e cazul, am impresia că o să se întâmple ceva. Că o să se răzgândească. Că o să răbufnească. Că totul o s-o ia razna.

— Da, cred că nu m-am străduit suficient, mă ridic și îl sărut.

De data asta, e un sărut mai lung, care reușește să îmi mai alunge din gândurile negre.

— Paranoia, îmi șoptește la ureche după ce mă retrag încet.

Sper. Sper din tot sufletul să fie asta și nimic mai mult.

— Credeam că avem a treia oră împreună, dar m-am înșelat. E prima. După tine.

Îmi face semn să o iau înainte, iar eu încerc să-i zâmbesc, prefăcându-mă că totul e normal. Și, într-un fel, așa e. Malakai ar trebui să fie aici.

Dar, într-un fel, el fiind aici, se simte ciudat.

Paranoia.

Probabil, ai impresia că sunt nebun

E primul weekend din aprilie. Stau lungită lângă Malakai pe acoperișul casei sale și ne uităm la stele. Încă un lucru de pe acea listă pe care i-am împărtășit-o. Săptămâna trecută, m-a obligat să caut agenda pe care am notat lista cu lucrurile pe care vreau să le fac. După ce am găsit-o, nici măcar nu am avut timp să o mai citesc o dată. A rupt paginile și le-a băgat în buzunar și, chiar dacă am protestat vehement, nu am mai primit lista înapoi.

Eu mă uit la stele, iar Malakai se uită la mine de ceva vreme.

— Ce-i?

Modul în care mă privește uneori mă cam sperie. De parcă sunt singurul lucru pe care îl vede.

— Ești frumoasă, șoptește.

Ridic din sprâncene și mă fâstâcesc. Malakai spune uneori genul de lucruri la care nu există un răspuns potrivit.

— Ă... mulțumesc. Presupun.

Nu am considerat niciodată că aș fi frumoasă.

— Mai puțin degetele, râde. Să nu uităm că ai degete mici.

Pufnesc iritată și mă ridic în șezut.

— Nu mai vorbesc cu tine, clatin nemulțumită din cap.

— Nu trebuie să vorbești cu mine, șoptește în modul ăla cu care m-am obișnuit.

O face înainte să mă sărute, lucru care se întâmplă și acum. Vreau să țip cât mă țin plămânii că îl iubesc și că aș face orice ca acest moment să nu se sfârșească vreodată. Să stau aici, întinsă lângă el, și să nu conteze nimic altceva. Să nu existe nimic altceva.

Sfârșesc prin a-mi îngropa nasul în scobitura dintre umărul și gâtul său. Are pielea fierbinte și miroase a ocean și vară.

— Anna?

Zâmbesc. A ajuns să mi se pară ciudat atunci când Malakai îmi pronunță numele întreg. Nu mai urăsc numele ăsta atunci când e pronunțat de el. Aș sorbi orice cuvânt ar rosti Malakai D'Andre. Are genul ăsta de efect asupra mea.

— Da, Kai.

— Știi că îmi ești datoare cu o favoare?

Îmi ia vreun minut să îmi amintesc de când. Malakai s-a ținut de cuvânt și s-a întors la școală. Presupun că de atunci.

— Îmi amintesc ceva, îi răspund. Ce ai nevoie?

A avut dreptate în urmă cu câteva săptămâni, când mi-a spus că aș face orice pentru el, chiar și fără să îi fiu datoare. Aș face orice ca Malakai să nu mai aibă zile întunecate în care să se gândească la sinucidere și în ultima perioadă nu s-a mai întâmplat asta. Are zile în care e prost dispus, însă nu a mai adus asta în discuție. E instabil și ciudat uneori, dar normal și deosebit în același timp. Malakai este o mulțime de lucruri care mă copleșesc chiar și atunci când nu sunt în preajma sa.

— Mă obligă Amelia să merg la un eveniment. E o strângere de fonduri pentru o organizație care se ocupă cu acțiuni umanitare. Are impresia că o să dea bine la imagine dacă îmi fac apariția. Crezi că ai putea să vii cu mine?

În mod normal, aș spune nu. Asta îmi stârnește amintiri neplăcute. Toate acele dăți în care mama m-a obligat să particip la fel și fel de evenimente și să cunosc fel și fel de oameni. Nu sunt străină de astfel de evenimente, doar că aici le-am evitat cu orice preț. Aici, la bunica, mi-am permis să o iau de la capăt și să nu mai fiu vechea Hannah.

Am devenit Anna și cred că e cel mai bun lucru care mi s-a întâmplat vreodată.

— Sigur, îi răspund. Când?

— La sfârșitul lunii.

— Când, mai exact?

La sfârșitul lunii e ziua mea.

— Cred că în ultimul weekend. Duminică. De ce?

Da. Atunci e ziua mea.

— De ce, Anna?

— E ziua mea atunci - recunosc, pentru că știu că în cele din urmă tot o să scoată adevărul de la mine.

Îmi ridic privirea spre el. Își arcuiește o sprânceană.

— Când aveai de gând să îmi spui?

— N-ai întrebat niciodată, râd. Ce motiv aș fi avut să îți spun așa, din senin?

— Pentru că e ziua ta, Anna.

Ridic din umeri ca și cum nu e mare chestie. Și nu e. E o zi ca oricare alta.

O să îi spun că nu merg. O să facem altceva.

— Nu! Mergi. O să vin cu tine. Nu mă deranjează. Oricum nu mi-am făcut niciun plan, Kai. Niciodată nu îmi fac. E o zi ca oricare alta.

— Sigur. Nu merg.

— Ba da, îl contrazic. Mergem.

Clatină din cap și nu mai spune nimic, însă știu că discuția nu este închisă și că o să trebuiască să redeschid subiectul ca să mă asigur că vom merge la eveniment.

— Nu mă deranjează, încerc să îl asigur.

Își așază o mână pe obrazul meu și mă sărută scurt.

— Mulțumesc, zice cu buzele lipite de ale mele și, chiar dacă șoptește, îmi dau seama după tonul lui că e destul de important să meargă, chiar dacă nu vrea să îmi spună asta.

— E totul în regulă între tine și mătușa ta?

Nu primesc niciun răspuns.

— Kai?

— Anna..., oftează. Vrei să vorbești despre Amelia sau să mă săruți?

Chicotesc. Malakai afișează o expresie dezaprobatoare, dar încerc să nu mă las derutată de intensitatea privirii sale.

— Vreau să vorbesc despre tine. Și, da, știu că e un subiect pe care ai face orice să îl eviți.

— Atunci, de ce insiști?

— E așa de grav că vreau să te cunosc?

Se gândește la întrebarea mea. Nici acum nu i-am spus despre discuția pe care am avut-o cu Alek și nu am nici cea mai mică intenție să fac asta. Lucrurile au mers bine în ultima perioadă. Bine, în măsura în care îmi amintesc constant că Malakai nu este ca oricare altă persoană. Că Malakai are probleme și că a avut și în trecut. Încerc să mă raportez la toate aceste lucruri, când vine vorba de a analiza stadiul în care se află Malakai. Și a fost bine. Și lucrurile au mers la fel în ultima perioadă.

— E... discutabil.

Mă așteptam la un asemenea răspuns. Îmi sprijin capul pe umărul său. Malakai mă înconjoară cu brațul și își sprijină bărbia de umărul meu pentru câteva clipe, apoi își rotește capul și privește undeva în zare. Suprafața conacului e mare și casele abia se zăresc în depărtare. Și e cam pustiu la ora asta.

— Presupun că da. Nu m-am certat cu ea în ultima perioadă, dacă la asta te gândești. Și nici nu mi-a adus aminte cât de inutilă este existența mea, deci cred că lucrurile sunt în regulă. Dar te anunț dacă se schimbă ceva.

Scrâșnesc din dinți.

— Nu la asta m-am referit când am spus că vreau să vorbesc despre tine.

— Dar ai întrebat cum sunt lucrurile dintre mine și ea.

— Și am spus că vreau să vorbesc despre tine. Nu meriți asta, Malakai. N-ar trebui să lași pe nimeni să te distrugă, cu atât mai puțin pe ea.

— Am fost distrus cu mult timp înainte, zice pe un ton sec și indiferent.

Ăsta este modul în care vorbește Malakai despre el, iar eu nu pot decât să încerc să îmi stăpânesc lacrimile ori de câte ori o face. Și să îmi păstrez calmul.

Însă uneori simt că e prea mult. Că nu pot face față. Și atunci încerc să îi propun lui Malakai să ceară ajutorul cuiva, dar ultima discuție în care i-am spus că ar trebui să meargă la psiholog nu s-a sfârșit prea bine. Poate că sunt egoistă, pentru că nu vreau să stric momentul. Vreau ca pentru câteva minute Malakai să îmi aparțină. Să nu mă gândesc la cât de dat peste cap este, deși știu că ar trebui să fac mai multe pentru el.

Nu știu ce. Iar el refuză vehement orice ajutor.

Uneori, situația asta mă depășește. Sunt doar o adolescentă și nu ar trebui să mă confrunt cu astfel de probleme.

Și... pentru o fracțiune, am avut impresia că Malakai a fost al meu. Că a fost aici, prezent. Însă acum l-am pierdut iar. Sau poate că și el se pierde pe sine uneori.

— La ce te gândești? vrea el să știe. Și să nu minți, adaugă, probabil ca urmare a expresiei mele aproape îngrozite.

Inspir adânc și îi caut mâna. Nu, nu am de gând să îl mint.

— Mă gândesc uneori că nu fac tot ce îmi stă în putință ca să...

— Ca să mă ții în viață?

Îmi rotesc privirea spre el și mi se ridică părul de pe mâini, când îmi dau seama că tratează subiectul ăsta ca pe o glumă.

— Ca să te ajut.

Înghit în sec.

— N-ar fi trebuit niciodată să... Știi tu. Să te las să afli asta. Am încercat să ascund asta de tine. Nu meriți toată tărășenia asta pe cap, dar eram într-o pasă proastă, iar tu te-ai enervat și n-a durat mult până să-mi dau seama că dacă te lăsam să pleci, cel mai probabil ai fi făcut-o definitiv. Și n-am vrut niciodată mila ta, dar pur și simplu voiam să știi de ce am făcut tot posibilul ca să te țin la distanță de mine și singura modalitate a fost să îți spun adevărul. Și îmi pare rău.

— În primul rând - încep ceea ce în mintea mea sună ca un discurs destul de lung - asta nu este o „tărășenie", schițez ghilimelele în aer. Viața ta nu e o tărășenie, Malakai. Și, în al doilea rând, nu mi-ai stârnit niciodată mila. De unde ți-a venit ideea asta? Și apoi... poate că adevărul tău e puțin dureros, însă prefer să trăiesc cu asta decât să trec din nou prin toată frustrarea pe care o simțeam când nu te înțelegeam mai deloc. Nu spun că acum te înțeleg în totalitate, dar...

Ridic din umeri.

Dar. Și poate. Prea multe puncte de subliniat pe listă.

Pur și simplu, mă cuprinde disperarea.

Pentru că uneori am senzația că eforturile mele nu sunt suficiente pentru el.

Sunt zile bune și zile proaste. În ultima perioadă, au fost mai multe bune și mai puține proaste, dar mereu mă întreb cât o să țină.

— Ar trebui să renunți, Anna.

Nu o să mă obișnuiesc niciodată cu schimbările astea bruște de atitudine. Nu o să știu niciodată cum să reacționez când Malakai…

— Poftim?

Își retrage mâna din a mea aproape cu dispreț și mă îndoiesc că e unul prefăcut.

— Ar trebui să renunți la mine, râde. Chiar tu ai spus că nu mă înțelegi. La dracu'! Probabil, ai impresia că sunt nebun.

Se ridică și pășește pe marginea acoperișului. Dau să mă ridic și să îl trag de acolo, dar rezist. Mai rău aș face.

— Nu am spus asta.

— Ai spus că nu…

— Știu ce am spus, îl întrerup. Că nu te înțeleg în totalitate.

— E același lucru.

— Nu e același lucru! Și nu e ca și cum tu îți dorești să faci lucrurile mai ușoare. Refuzi să răspunzi la orice întrebare. Nu vrei să vorbești despre ce s-a întâmplat cu părinții sau cu fratele tău. Nu vrei să îmi spui cum s-a ajuns aici, Kai. Jur că încerc din răsputeri să te înțeleg, dar uneori chiar faci ca lucrurile să fie mai complicate decât ar trebui.

— Ce știi despre fratele meu, Anna?

Fir-ar să fie!

— Răspunde-mi, Anna!

Acum, tonul lui Malakai e furios.

— Nimic, răspund cât pot de calm. Nu știu nimic despre el.

— De unde știi despre el, în primul rând?

Înghit în sec.

— E un oraș mic, Kai. Nu e chiar un secret.

Își bagă mâinile în buzunarele de la blugi și continuă să se plimbe pe marginea acoperișului. Stomacul mi-a ajuns în gât și, cu fiecare pas pe care îl face, mi se pare că îi cedează picioarele. Încep să am vedenii.

— Ai vorbit cu Alek, o spune ca pe o constatare și nu pot să nu simt nemulțumirea din glasul lui.

E mai mult decât atât. E furie pură. Nediluată. Și e toată îndreptată spre mine.

— Nu am vorbit cu Alek.

Își adâncește mâinile în buzunare. Mă ridic și eu în picioare, dar nu îndrăznesc să mă apropii de el. Are privirea fixată în pământ și e încordat.

— Minți, pufnește. E un obicei, Anna?

Discuția asta degenerează repede.

— Serios? pufnesc la rândul meu. Tocmai mi-ai spus că sunt o mincinoasă?

Bine, poate că l-am mințit acum și am evitat să îl aduc pe Alek în discuțiile noastre, dar tocmai de asta nu am făcut-o. Ca să nu se ajungă aici.

— Aparent, asta ești.

Îmi rod obrazul pe interior. Nimic din ce aș putea spune nu l-ar aduce pe Malakai înapoi. Nu. Orice aș spune acum doar va agrava situația.

Mă doare să îl aud afirmând asta, dar nu e cazul să încep să dau prea mare importanță sentimentelor mele.

— Poate că ar trebui să vorbim mâine, Kai.

Sper ca până mâine Malakai să vadă lucrurile altfel.

— Sau niciodată, Anna. Nu vreau să te mai văd.

Se îndepărtează, iar eu îmi dau ochii peste cap în urma lui. Măcar acum nu mai merge pe marginea acoperișului și pot să respir liniștită.

Nu prea știu cum să reacționez.

Plec acasă și îmi propun să încerc mâine să vorbesc din nou cu Malakai. Să îi spun adevărul. Îmi dau seama că nu ar fi trebuit să mint în legătură cu Alek, dar la cât de furios părea Malakai, nu aș fi rezolvat nimic dacă i-aș fi spus adevărul.

Îi trimit mesajul care a devenit o rutină. Nu îmi răspunde și mă ține trează până la patru dimineața. Mă tem să adorm. Sunt atât de nervoasă, încât nu mă gândesc prea mult înainte să îi mai trimit unul.

Fir-ai tu să fii, Kai! Promite-mi.

Îmi răspunde câteva secunde mai târziu.

Dormi, Anna.

Îl mai rog o dată să îmi promită.

Ești stresantă, îmi răspunde.

Ești idiot.

Ațipesc cu telefonul în mână, apoi primesc un mesaj care mă trezește:

Promit.

Alb sau negru... Niciodată gri

Îmi dau seama cât de mult mă depășește toată situația asta cu Malakai. Sau, mai bine spus, condiția lui Malakai. Toate schimbările lui bruște de comportament. Toate nopțile nedormite din cauză că nu e în stare să trimită un mesaj la timp. Grija constantă de care nu pot să scap, orice aș face.

Frica a prins rădăcini în sufletul meu și nu pot să uit faptul că accidentul lui Malakai nu a fost un accident. Nu-mi pot scoate din minte imaginea lui de aseară, pășind pe marginea acoperișului.

Și e pur și simplu prea mult pentru mine. N-am mai dormit deloc după ce am primit mesajul de la Malakai – ar fi trebuit să pot, ținând cont de faptul că mi-a promis, dar nu am mai putut.

Mă gândesc cu groază că, într-o zi, acel mesaj s-ar putea să nu mai vină și atunci ce o să se întâmple? Cum o să pot trăi cu mine, știind că nu am făcut nimic mai mult pentru Malakai decât să-l sâcâi să-mi promită că nu o să-și ia viața?

Sunt surprinzător de calmă și, nu, nu-mi vine să plâng, deși nu m-am așteptat. Închid ochii și inspir adânc, încercând să reduc la tăcere vocile din minte. Mi-e clar că

Malakai nu o să vrea să mă vadă astăzi. Sunt conștientă că s-ar putea să dispară din nou pentru o perioadă, dar de data asta n-am de gând să stau aici și să aștept să se întâmple asta.

Am de gând să mai fac o ultimă încercare de a vorbi cu el. Dacă nu funcționează, am de gând să îi explic totul bunicii sau să îi cer ajutorul Martei. De fapt, sunt atât de disperată, încât mă văd în stare să îi cer ajutorul chiar și mătușii lui.

Îmi amintesc că Alek a pomenit ceva de un frate – de altfel, cred că ăsta este și motivul pentru care Malakai și-a ieșit din minți. Nu doar că am vorbit cu Alek despre el, dar am și aflat câte ceva despre familia lui. L-aș fi întrebat chiar pe el. Jur că aș fi făcut-o. Dar discuțiile de genul ăsta nu duc nicăieri cu Malakai. Se eschivează și nu răspunde, iar până la urmă reușește să schimbe subiectul și eu mă prefac că nu observ.

Pentru că sunt fraieră.

Pentru că-l iubesc.

Pentru că nu aș ști cum să dau înapoi, chiar dacă aș vrea s-o fac. Oricum nu vreau, dar ar fi un gând liniștitor să știu că pot să plec fără să privesc în urma mea. Aș putea să-l sun pe tata, să-i cer să mă mut la el. Aș putea să o sun pe mama să...

Mama.

Aș putea să o sun pe mama.

Și asta am de gând să fac, după ce reușesc să mă opresc din tremurat. Încetez să mă mai uit la tavan și mă ridic din pat. Îi scriu bunicii un bilet pe care am de gând să i-l las lângă telecomandă - așa mă asigur că o să-l citească -, apoi mă îndrept spre ușă.

Casa e scufundată în liniște, iar treptele scârțâie sub greutatea mea. Trei bătăi lente în ușă. Asta sparge liniștea, dar nu mă grăbesc. Îmi iau tot timpul din lume ca să ajung la ușă, de parcă știu ce mă așteaptă dincolo de ea.

Și poate că nu sunt sigură, dar bătăile inimii mele o iau razna și mi se pare că tremur mai tare decât în secunda în care m-am gândit să o sun pe mama.

Deschid ușa fără prea mare tragere de inimă.

Malakai.

M-a scutit de a face un drum până la conac, doar că mă bazam pe acel interval să-mi pun gândurile în ordine și să mă gândesc la ce aș putea să îi spun.

Doar că acum mintea mea e goală.

— Bună, Anna.

Mă feresc din ușă ca să îi las loc să intre, dar clatină din cap abia sesizabil.

— Crezi că ai putea să vorbim cinci minute?

Îmi ridic sprâncenele, încercând să ghicesc ce e în mintea lui.

— Sigur.

Ies și închid ușa în urma mea. Malakai se așază pe treptele din fața casei, iar eu fac același lucru, încercând să scap de nodul pe care-l simt în gât. E Malakai. Nu arată diferit. Nu e diferit - hanorac, jeanși negri și aceeași expresie încruntată. E doar Malakai și simt nevoia asta cumplită să-mi arunc brațele în jurul lui și să-i promit că totul o să fie bine. Că eu o să rămân alături de el, indiferent ce se întâmplă.

Dar privirea goală a lui Malakai îmi dă de înțeles că orice se întâmplă, el nu mă vrea aici.

Nu cred că m-a vrut vreodată.

O iau razna.

Nu-i adevărat.

Sunt sigură că Malakai a simțit ceva pentru mine. În unele zile. În cele bune. Poate că încă simte ceva pentru mine, doar că nu i se pare că ar fi suficient. Și poate că nici nu e. Pentru că nu-mi amintesc ca dragostea să fi salvat vreodată pe cineva. În viața reală. Nu în cărți sau în filme.

— Am venit să-mi cer scuze, spune cu privirea ațintită undeva în depărtare.

Scrâșnesc din dinți, frustrată că n-are curajul necesar să mă privească în ochi.

— Nu-i nimic, încerc să-l asigur. A fost doar o zi proastă.

Una dintre multele, dar nu adaug asta. Nici măcar nu știu de ce îi accept scuzele atât de ușor.

— Înțeleg de ce ai vorbit cu Alek, continuă el. Înțeleg că vrei doar să știi ce-i cu mine, dar o să te rog să o lași baltă, Anna. Nu merit efortul, crede-mă. Și nu ți-o spun doar așa, de dragul de a umple tăcerea cu ceva. Ți-o spun ca să renunți acum, înainte să te rănesc mai tare decât am făcut-o deja.

Pufnesc nervoasă. Crede că discursul lui o să mă îndepărteze acum, după atâtea luni? Mi se pare că oricum de la bun început n-a făcut nimic altceva decât să încerce să mă țină departe și nu știu dacă din cauză că nu vrea nimic altceva decât să fie singur sau dacă se teme că oricum acolo o să se ajungă, în cele din urmă.

— Atunci, bănuiesc că-i un lucru bun că nu poți să iei decizii în locul meu.

Își rotește capul și mă privește cu aceeași expresie goală.

— Ai dreptate, nu pot. Dar pot să-ți spun unele lucruri de care sunt sigur.

Îmi încrucișez brațele la piept, încercând să nu-l ating.

— Serios? Cum ar fi?

— Nu-s genul de persoană de care ai nevoie pe termen lung, Anna. Crede-mă. Uneori, nici măcar eu nu știu cum dracu' s-o mai scot la capăt, iar eu chiar n-am de ales, știi? Vreau sau nu, trebuie să trăiesc cu mine. Știu că, mai devreme sau mai târziu, o să te trezești la realitate și o să regreți tot timpul ăsta pierdut. Și mai știu că nu contează... nimic din ce se întâmplă acum nu contează. Pentru că nu e ca și cum oamenii pe care-i cunoști în liceu vor fi prietenii tăi toată viața. Mai devreme sau mai târziu, voi fi doar tipul ăla nebun pe care l-ai cunoscut în liceu.

A spus atât de multe, încât nu știu pe ce să mă concentrez, dar mă ia gura pe dinainte:

– Nu ești nebun!

– Nu știi despre ce vorbești, oftează.

– Bine, recunosc. Nu știu despre ce vorbesc. Nu știu ce se întâmplă cu tine, dar știu că niciodată... absolut niciodată n-o să regret timpul pe care l-am petrecut cu tine sau că te-am cunoscut. Înțelegi, Kai? Niciodată, accentuez. Poate că nu știi cum s-o scoți la capăt. Dar nu crezi că fiecare are zile în care nu știe cum naiba s-o mai scoată la capăt? Zile în care pur și simplu îți vine să renunți, pentru că pare cea mai simplă soluție și atât, dar atât de la îndemână? E simplu. Iei un tub de pastile și te închizi în baie. Poate că nu te deranjezi să te asiguri atunci când treci strada. Poate te urci pe motocicletă și mergi cu mult peste viteza legală. Și unora le iese. Altora nu, și trebuie să găsească o modalitate s-o scoată la capăt, altfel o să se întoarcă în punctul ăla în care încearcă din nou să-și ia viața. Și nu e nu știu ce act de eroism. Îmi pare rău, dar în ochii celor care privesc din exterior, chiar nu e. Ai zile în care vrei să se termine? Am înțeles. Dar lăsând la o parte ce simți tu, cum rămâne cu ce simt eu, Malakai? Cu ce simte Marta? Nu știu nimic despre fratele tău, dar cum rămâne cu el?

Trag aer în piept. Malakai clipește nedumerit și se uită la mine de parcă mă vede pentru prima dată. Își lasă privirea în jos și începe să-și pocnească degetele, rând pe rând.

— Știu că sună egoist. Să-ți cer să trăiești pentru altcineva. Dar nu asta îți cer, de fapt. Spune-mi ce se întâmplă, Kai. Spune-mi orice se întâmplă cu tine și lasă-mă să încerc să te ajut. Lasă-mă să caut o soluție împreună cu tine în zilele în care lumea se întoarce cu susul în jos și vrei doar să înceteze. Doar... trebuie să vrei asta, știi? Pentru că ai încercat atât de mult să mă ții la distanță, apoi pentru o perioadă m-ai lăsat în viața ta, dar tot n-am nici cea mai mică idee ce se petrece. Eu vreau doar să... știi... eu...

Îmi îngrop fața în palme, încercând să ascund lacrimile, deși e inutil. Malakai nu a rostit niciun cuvânt în tot timpul ăsta și habar n-am dacă nu cumva acum eu par cea nebună.

— Vorbești serios, Anna?

Ce i se pare lui că am făcut în ultimele luni? Că am luat toată situația asta ca pe o glumă? Dacă voiam doar să îmi pierd timpul, nu m-aș fi complicat să îl înțeleg atât de mult. Nu aș fi încercat să o scot la capăt cu toate crizele lui.

— Da, Kai. Vorbesc serios.

Înghite în sec, iar privirea-mi cade pe mărul lui Adam pentru o fracțiune de secundă.

— Spune-mi de ce. De ce faci toate astea, și o să încerc să...

Îl privesc cu ochi mari. O să încerce să ce? Doamne, îmi vine să țip la el, dar încerc să nu o iau razna. Mă uit la el cu ochii în lacrimi și cu buzele întredeschise, în timp ce încerc să respir.

— Pentru că sunt îndrăgostită de tine, îi mărturisesc pe un ton calm. Pentru că te iubesc și știu că acolo, undeva, simți și tu ceva pentru mine. Nu știu dacă e prea devreme sau prea târziu. Nu știu dacă e corect sau dacă e greșit. Nu știu dacă noi ar trebui să fim împreună acum sau nu, dar nu sunt sigură că o să avem altă șansă, Kai. Și dacă vrei să fim realiști, bine. Habar n-am dacă o să fie pentru toată viața, dar sunt dispusă să risc.

Malakai își freacă fața cu palmele de parcă încearcă să șteargă orice expresie întipărită acolo.

— Anna, nu mă asculți. Nu e atât de simplu.

Dacă vrea să mă respingă, faptul că mă ia de mână și își împletește degetele cu ale mele nu îl ajută. Mă gândesc la comportamentul lui, la toate dățile în care a menționat că ia pastile, la dispariţiile sale, la tot ce mi-a povestit Alek.

— Nu, Malakai. Tu nu mă asculți. Știu că nu e simplu. Înțeleg că nu o să fie niciodată simplu.

— Te iubesc, Hannah.

Urmează o pauză în care eu încerc să îmi recapăt răsuflarea, iar Malakai să își găsească cuvintele. Presimt că mai urmează ceva. Privirea lui o întâlnește pe a mea și suspin de parcă încă plâng, deși nu o mai fac.

— Dar nu te pot iubi așa cum ești obișnuită. Nu te pot iubi… așa cum ar trebui.

Îi strâng degetele cu putere.

— Nu știu despre ce vorbești. Chiar nu știu. Dar sunt sigură că nu o să duc lipsa la nimic.

Malakai zâmbește, dar e mai degrabă o grimasă tristă. Se încruntă și îmi dau seama că iar nu știe ce și cât ar trebui să îmi spună.

— O să îți spun asta doar pentru că se pare că ești dispusă să faci orice ca să afli.

Aș fi de acord cu orice îmi spune, numai să vorbească.

— Tulburare de personalitate de tip borderline, oftează. Sau, oricum, ăsta e diagnosticul pe care-l aud cel mai des. Nu e ca și cum pot să îmi facă niște teste și să mă repare… așa că tot încearcă să îmi trateze simptomele. Depresie, comportament impulsiv, autodistructiv, frica de abandon, instabilitate afectivă… Mai vrei să auzi și altele, Anna? Pentru că aș putea să o țin așa o bună bucată de vreme.

Nu prea sunt în stare să reacționez acum. Nici nu pot să îl opresc, nici nu pot să îl rog să continue. Nici măcar nu sunt sigură ce presupune tipul ăsta de tulburare - în afară de tot ce a enumerat el. Și m-am așteptat la orice, dar nu la asta.

– Nu e ca bipolaritatea, nu?

– Nu, clatină din cap. Nu-mi pot controla emoțiile. Totul e doar la extreme. E doar alb sau negru... Niciodată gri.

– Se poate trata?

Malakai își desprinde mâna de a mea.

– Mh... simptomele se pot ameliora. Cu terapie și medicamente pentru anti-tot ce vrei tu, râde sec. Antidepresive, antipsihotice. Dar nu știu dacă o să fiu vreodată bine, Anna. Ăsta e adevărul. Pot să răbufnesc în următoarele cinci secunde.

Înghit în sec. E conștient de toate lucrurile astea sau doar îmi repetă ce i s-a spus? Măcar de zece la sută dintre ele? Sau e doar un discurs pe care l-a învățat de-a lungul anilor?

– Când ai aflat?

Se ridică și începe să se plimbe dintr-o parte în alta, fără stare. Își aprinde o țigară.

– Cred că aveam vreo cinșpe' ani. Nu există un tipar... sau cauze... E o chestie fututã rău de tot. Toți își dau cu părerea. Că apare dacă ești abuzat în copilărie, dacă ești neglijat. Eu n-am fost nici una, nici alta. Dar mama suferea de aceeași chestie, așa că mi s-a spus că e genetic. Trage ce concluzie vrei, râde din nou.

Eu nu râd. Eu nu pot să vorbesc. Abia mai pot să respir.

— Mama a observat din timp, aşa că a avut grijă de mine. Un timp, am fost tratat doar pentru depresie şi deficit de atenţie, dar ea mereu s-a gândit că era posibil să fie mai mult. Şi a fost bine. Venea la terapie cu mine, se asigura că îmi iau pastilele, deşi avea propriile probleme. Dar apoi, părinţii mei au murit într-un accident stupid. Ne petreceam verile în Italia. Ai mei au o casă în Florenţa... Aveau, se corectează.

Îşi freacă faţa cu palmele şi face o pauză. Privirea-i rătăceşte prin jur, în timp ce încearcă să-şi pună în ordine amintirile pe care nu vrea să le retrăiască.

— Kai, nu trebuie să îmi povesteşti acum.

— Nu cred că o s-o mai fac altă dată, mă priveşte cu ochi goi.

— Bine.

Îmi simt inima bătându-mi prea tare în piept.

— Se certau... În seara aia, mama a cerut divorţul. Era ceva ce făcea destul de des, dar tata învăţase între timp să se descurce cu ea. Avea răbdare. Ştia tot ce se poate şti despre cum să te comporţi cu cineva... ca noi. Apoi, mama s-a urcat în maşină, dar el nu a lăsat-o să plece singură. N-a vrut nici măcar să o lase să conducă, dar ştia că nu putea s-o facă să se răzgândească. Jumătate de oră mai târziu, erau amândoi morţi. Au spus că mama a ieşit de pe drum, glasul lui e rece, ca al unui robot care repetă ceva ce a învățat pe de rost. O săptămână mai târziu, fratele meu a fost arestat pentru posesie de droguri cu intenție de distribuție. Era la prima abatere, dar a fost condamnat la un an și jumătate.

Oftează adânc. Oftez și eu.

– Kai…

– Ai vrut să știi, Anna. Asta e totul. Știu că îți pare rău. Nu-i nevoie s-o spui.

Încerc să nu plâng, dar nu fac o treabă prea bună.

– Vrei să... ă… vrei să mergem să mâncăm ceva?

Clipesc nedumerită. A schimbat subiectul brusc. Malakai chiar nu vrea să spun nimic în legătură cu tot ce mi-a povestit și poate că e mai bine așa, pentru că n-am nici cea mai mică idee ce naiba aș putea să spun care să nu sune ca o părere idioată de rău.

– Da, sigur.

Mă ridic și îl iau de mână.

Aș vrea să pot face schimb cu el. Măcar pentru câteva minute, să-i pot oferi liniște.

Dar nu pot.

– Malakai…

Clatină din cap, de parcă deja știe că vreau să-ncerc să-i ofer măcar un gram de consolare.

— Nu vreau să aud, mă asigură. Ai vrut să știi, așa că ți-am povestit. Dar nu încerca să mă faci să mă simt mai bine sau să-mi spui că îți pare rău. Te rog - adăugă după ce expiră adânc.

Îmi unesc buzele într-o linie subțire și nu mai spun nimic. Nu că există vreun răspuns potrivit la mărturisirea lui Malakai. Nu pot decât să-mi împletesc degetele cu ale sale și să-mi sprijin capul de mâna lui. Eventual, poate că ar trebui să nu mai plâng.

Vreau ca momentul ăsta să îmi aparțină

Stau cu telefonul în mână de jumătate de oră, dar tot nu-mi pot lua inima în dinți să o sun pe mama. Pur și simplu nu pot, deși știu că acum e singura persoană care mă poate ajuta. Practic, nu ea mă poate ajuta, dar trebuie să o sun pe ea mai întâi, iar ultima noastră întâlnire nu a decurs așa cum ar fi trebuit. Eu am sfârșit prin a-i arunca în față cuvinte usturătoare, în timp ce ea mi-a reproșat că nu am înțeles-o niciodată și că sunt egoistă. Probabil că sunt. Pe atunci, nu-mi doream altceva decât să-mi văd părinții împreună și am implorat-o să nu plece. Când am fost întrebată cu cine vreau să locuiesc, am ales-o pe bunica. Asta i-a luat pe amândoi prin surprindere, dar dacă ar fi trebuit să aleg, probabil aș fi ales să locuiesc cu tata. Iar el mi-a spus că nu putea să aibă grijă de mine la momentul ăla. Nu l-am învinovățit. Știu că a făcut-o singur și poate că ar fi trebuit totuși să mă mut cu el, să îi fiu alături și să îl ajut, dar nu știam nici măcar cum să mă descurc eu. Nu puteam să am grijă de un adult. Ne-am certat, dar nu am cedat, așa că am ajuns să locuiesc cu bunica.

Și poate că sunt egoistă. Cine știe? Poate că am fost și lașă, alegând cea mai ușoară cale. Cel puțin, așa părea atunci. Mai târziu, mi-am dat seama că nu era deloc ușor să renunț la tot ce cunoșteam, la tot ce îmi era drag. Și de când m-am mutat cu bunica, am făcut tot posibilul să nu mă mai atașez de nimeni și de nimic, pentru că toată lumea va pleca, iar eu voi rămâne aici, din moment ce nu am niciun plan pentru facultate.

Dar Malakai nu e nimeni și nimic. Malakai e totul și nu o să renunț la el.

Îmi strâng genunchii la piept, inspir adânc și apelez. Îmi înclin capul și țin telefonul cu umărul, în timp ce încep să-mi decojesc oja de pe unghii. E un obicei teribil de enervant la care tot recurg atunci când sunt stresată, dar asta e ultima mea problemă.

— Hannah?

Nu mă așteptam ca mama chiar să răspundă, iar vocea ei mă ia prin surprindere și câteva secunde nu sunt în stare să îi răspund. Înghit în sec.

— Bună, mamă, șoptesc cu un nod în gât. Știu că probabil sunt ultima persoană cu care vrei să vorbești, dar ai câteva minute?

Poate că nu sunt chiar ultima, dar sigur sunt în top. Am mai vorbit cu ea în ultimele luni, dar fiecare conversație a durat mai puțin de un minut. Și, cel mai important, niciodată nu am fost eu cea care a sunat.

— Mereu am câteva minute pentru tine. Doar știi asta. S-a întâmplat ceva?

Știu că mereu are câteva minute, când vine vorba de mine. Păcat că nu le folosesc niciodată. Îi urăsc vocea panicată. De parcă i-ar păsa.

— Nu, nu, o asigur repede. Nu s-a întâmplat nimic. Voiam doar să... ă... crezi că aş putea să vorbesc cu Parker?

Parker e actualul soţ al mamei. E tatăl meu vitreg. E omul pentru care nu am prezentat niciodată nici cea mai mică fărâmă de interes, dar iată-mă, acum, cerând să vorbesc cu el. Nu m-ar surprinde dacă nu ar vrea să o facă. Încep să regret comportamentul meu de până acum. Încep să regret faptul că nu am niciun fel de relaţie cu Parker, pentru că acum am nevoie de ajutorul lui. Doamne, sunt atât de disperată, încât sunt în stare să-mi cer scuze de la el şi de la mama şi să întreb dacă aş putea să merg să-i vizitez.

— Sigur, Hannah. Eşti sigură că e totul în regulă?

— Da, mamă. Îmi pare rău că am sunat din senin. Ştiu că e puţin ciudat că vreau să vorbesc cu Parker, dar am câteva întrebări care ţin de domeniul lui. O să... o să-ţi explic, bine?

Mama încuviinţează, apoi îl strigă. Tăcerea de la celălalt capăt îmi prelungeşte agonia şi aproape că-mi vine să închid. Dar, cum spuneam, sunt disperată.

— Bună, Hannah.

— Ă... bună, mă bâlbâi din nou. Mulţumesc că ai răspuns.

— Mă bucur că ai sunat, deşi sunt surprins că vrei să vorbeşti cu mine. Cu ce te pot ajuta?

Ne-am întâlnit o singură dată, dar țin minte destul de bine cum modul lui formal de-a fi m-a scos din minți.

Dar o să trec cu vederea. O să spun orice e nevoie. Pentru că Parker e psihiatru și e singura persoană pe care o cunosc care m-ar putea lumina în legătură cu Malakai.

— Am câteva întrebări... Ă... am un prieten...

Apoi îi povestesc. Îi povestesc tot ce mi-a spus Malakai, majoritatea lucrurilor care s-au întâmplat de când l-am cunoscut, îi spun despre comportamentul lui bizar, despre lucrurile și mai ciudate pe care le spune uneori, despre încercarea lui de a se sinucide. Îi povestesc efectiv totul, de parcă e cel mai bun prieten al meu. Când termin, îmi dau seama că nu i-am permis deloc să vorbească și că oricum nu a încercat să o facă, ci doar m-a ascultat, încuviințând din când în când. Acum lacrimile îmi curg șiroaie pe obraji și jur că m-am săturat să plâng, dar acum nu o fac pentru că sunt supărată. Plâng pentru că simt un sentiment ciudat de ușurare că i-am spus cuiva totul. În special, unui adult. Cuiva care o să știe ce să facă. Sau ce ar trebui eu să fac.

— Hannah, sunt o mulțime de diagnostice. Majoritatea se datorează tulburării, dar luate separat, sunt un cocktail exploziv.

Îmi șterg nasul cu mâneca.

— Încerci să mă faci să mă simt mai bine? Pentru că nu prea funcționează, râd sec.

— Nu, oftează drept răspuns. Încerc să te fac să înțelegi cu ce ai de-a face. Cel mai important lucru pe care trebuie să-l ții minte - nu-și poate controla emoțiile. Nu poate controla aproape niciodată ce simte; ar face și ar spune orice ca să nu fie rănit.

Parker vorbește, iar eu nu-mi amintesc să mai fi ascultat vreodată pe cineva la fel de atent ca acum. Îmi explică faptul că situația nu o să devină mai roz dacă Malakai nu are de gând să urmeze un tratament și să facă terapie cel puțin o perioadă. Cum nu o să-l ajute cu nimic dacă își ia pastilele două zile, dacă merge la terapie o săptămână, apoi se izolează în următoarea și refuză s-o mai facă. Încearcă să mă facă să înțeleg că n-ar trebui să mă enervez din cauza modului în care reacționează și că sunt singura care decide dacă vrea să aibă de-a face cu el sau nu. Pentru că s-ar putea să devină violent.

— Nu e așa de rău, mă asigură. Crede-mă, Hannah. Asta nu ți-o spun doar ca să te simți mai bine, ci e realitatea. Situația prietenului tău nu e nici pe departe așa cum ar trebui să fie, dar a suferit multe pierderi într-o perioadă scurtă și nu-l ajută nici faptul că îi lipsește motivația și că nu-și urmează tratamentul. Hannah... nu îi ești datoare cu nimic, înțelegi? Știu că ăsta e un sfat nesolicitat, dar e instabil. Nu știu dacă e lucrul de care ai nevoie acum în viața ta. Iar oamenii ca el, mai devreme sau mai târziu, vor deveni agresivi.

Mă gândesc la ce tocmai a spus. Știu. Știu că nu ar trebui să fie așa de rău, și nu e întotdeauna. Ignor ultima parte pe care mi-a spus-o. Nici măcar nu vreau să mă gândesc la asta. Parker îmi vorbește în continuare în termeni medicali pe care nu îi înțeleg, dar îmi rămâne în minte faptul că, la început, Malakai nu voia să aibă de-a face cu mine, de teamă să nu se atașeze de mine. Acum îmi cere mereu să plec, doar pentru că îi e frică să nu-l abandonez într-o bună zi. Nici Parker nu pare să înțeleagă situația pe deplin. Îmi spune că ar trebui să mă manipuleze să rămân cu el, nu să mă îndepărteze, dar îi explic că nu e așa. N-a făcut niciodată asta. Sau poate că a făcut-o și nu mi-am dat eu seama. Și nici nu a fost vreodată violent.

— Sunt prea multe informații, Parker. Eu... nu cred că pot să înțeleg toate lucrurile astea.

— E în regulă, Hannah. Știu că e mult de asimilat, dar se pare că ai rezistat câteva luni fără ajutorul meu, așa că fă doar ce făceai până acum.

Pufnesc ironic.

— Sigur. O să încerc, deși nu cred că e cea mai bună idee. În ultima vreme, lucrurile n-au fost prea grozave. De fapt, nu știu dacă au fost vreodată. Nu de când am aflat că accidentul lui n-a fost un accident. Nu știu ce-i în mintea lui.

— Are nevoie de ajutor, îmi spune Parker ceea ce deja știam. Și nu are pe nimeni, așa că trebuie să-l convingi să ceară ajutorul ăsta de undeva, Hannah. M-aș oferi eu, dar sunt cam departe. Deși puteți să veniți oricând într-un weekend sau când vreți.

— Nu știu cât de încântat ar fi, dar mulțumesc de ofertă.

— Nu să mi-l aduci ca pe obiect de studiu, râde el. Dar... mamei tale îi e dor de tine și poate că ar fi un lucru bun pentru toată lumea.

— O să mă gândesc la asta. Mulțumesc, Parker. Chiar îți mulțumesc. Nu știam la cine altcineva să...

— E în regulă, Hannah. N-ai pentru ce să-mi mulțumești. Și cred că ar trebui să vorbim mai des, pentru că dacă te hotărăști să-l ajuți, o să trebuiască să știi mult mai multe lucruri.

Nu-l întreb cât de des. O să mă gândesc la asta mai târziu.

— Pot să... pot să sun mâine?

— Poți să suni când vrei tu. Ți-o dau pe mama ta, bine?

— Bine, mormăi fără prea mare convingere.

Continui să vorbesc cu mama pentru următoarea jumătate de oră. Îi povestesc și ei despre Malakai, însă las la o parte cele mai complicate detalii. Le-am împărtășit deja cu Parker și poate că o s-o pună el în temă. Poate n-o s-o facă. N-am de unde să știu. Dar știu că nu vreau să port cu ea aceeași conversație, ci vreau doar să mă bucur de ea. De mama.

— Te iubesc, Hannah. Și mi-e dor de tine.

Inspir adânc și încerc să-mi păstrez respirația cât de cât normală.

— Știu, mamă. Și eu pe tine, îi amintesc.

Înainte să închidă, e ca și cum o simt zâmbind. E un sentiment foarte ciudat și realizez că și eu zâmbesc. I-am spus că o iubesc și că încă n-am murit. Poate că mai există o speranță pentru mine. Pentru noi. Pentru Malakai.

E aproape șapte și poate că ar trebui să-mi găsesc ceva de făcut în casă, dar îmi trece o idee nesăbuită prin minte și mă gândesc cum o să fac asta. Sar din pat și cobor să cer indicații de la bunica. Mă privește surprinsă, dar îmi răspunde la întrebări și își menține acel zâmbet care-mi dă de înțeles că se uită la mine și își amintește de tinerețea ei.

La ora nouă, ajung la conac și încep să mă panichez. Scot telefonul și îi trimit un mesaj lui Malakai: *Ce faci?*

În timp ce deschid poarta, mă gândesc că e puțin ciudat cum oricine poate să intre, dar presupun că nimeni nu s-a gândit vreodată să jefuiască familia D'Andre.

Aproape scap cutia din mâini când sună telefonul.

Mă uit la pești. Tu?

Încep să râd, iar sunetul se aude ciudat în curtea pustie. Nici măcar dobermanii lui Malakai nu sunt prin preajmă.

Vin să mă uit la tine, îi tastez înapoi. *Dacă vrei,* adaug, ca să nu simtă că îi invadez intimitatea.

Am fost să mâncăm ceva după discuția pe care am avut-o pe scări, dar nu sunt sigură cum stau lucrurile între noi. Presupun că nu ar trebui să îmi fac griji. La urma urmei, nu m-a lăsat să aștept trei ore înainte să îmi răspundă la mesaj.

De ce nu ai ajuns încă?

Nu îi răspund, dar mă pregătesc să bat la ușă. Înainte să apuc să o fac, aceasta se deschide și mă trezesc față în față cu un Malakai care mă privește cu o sprânceană arcuită și o tentativă de zâmbet într-un colț al buzelor. Jeanșii negri îi atârnă pe șolduri și sunt destul de surprinsă de verdele tricoului său, deși e atât de închis, încât s-ar putea să pară negru din alte unghiuri. Îl scanez fără vreo urmă de rușine. E desculț și începe să-și miște degetele de la picioare când privirea-mi ajunge asupra lor.

— Te fascinează degetele mele, Anna?

Încep să râd și clatin dezaprobator din cap, apoi îi împing cutia în brațe și trec pe lângă el.

— Ce faci? îl întreb.

— Ce-i aici?

Ridic din umeri.

— Unde e Marta?

Se rotește pe călcâie și o ia spre camera lui. Îl urmez fără să-l mai întreb altceva. Picioarele mele nu s-ar opri nici dacă aș vrea asta.

— Ți-a fost dor de mine? mă întreabă în timp ce coboară scările.

— Nu te-ai plictisit fără mine?

Refuz să îi dau satisfacție și să cedez, așa că o să îi răspund la fiecare întrebare cu alta. Aș putea s-o țin așa la infinit.

— Ce vrei de ziua ta?

La întrebarea asta, oricum nu i-aș răspunde. Deschide ușa de la cameră, iar dobermanii o zbughesc pe scări și trec pe lângă mine de parcă n-aș exista. Cine știe cât timp au petrecut cu Malakai și cât de disperați sunt să se îndepărteze de el.

— Nu crezi că Malakai e un nume cam ciudat?

— Ai venit să te uiți la pești?

Mi-e din ce în ce mai greu să nu zâmbesc. Malakai se trântește pe pat și deschide în cele din urmă cutia, apoi își fixează privirea asupra mea, dar nu pot să-mi dau seama ce gândește. Ridic din umeri și îmi umflu obrajii cu aer.

Nu a fost deloc greu să o conving pe Katherine să îmi dea trufe - tot ce a trebuit să fac a fost să menționez numele lui Malakai. Bine, am plătit pentru ele. Nu suma colosală pe care a plătit-o Malakai, dar am făcut-o.

— Încerci să mă cumperi cu ciocolată?

— Funcționează?

Își trece limba peste buza superioară și ia o trufă. Sunt atât de pierdută, încât îmi ia ceva timp să-i văd mâna ridicată. Își mișcă două degete, făcându-mi semn să mă apropii. Mă descalț din mers, apoi mă așez pe marginea patului. Mereu uit cât de jos e în comparație cu al meu și mereu mă lovesc. Fac o grimasă și închid ochii.

– Vrei?

Deschid un ochi. Malakai întinde cutia cu trufe spre mine, dar n-o să recunosc că am mâncat deja câteva pe drum.

– Ce-i cu tatuajul? Privirea îmi cade pe încheietura lui dreaptă.

E doar o întrebare la care nu cred că o să-mi răspundă, dar se rotește și așază cutia la marginea patului, apoi își rotește privirea spre mine. Aruncă și el o privire la cele trei linii care îi înconjoară încheietura, apoi se uită din nou la mine.

Își drege glasul.

– Câte una pentru fiecare persoană importantă pe care am pierdut-o, îmi răspunde cu un zâmbet într-un singur colț al buzelor și o sprânceană ușor arcuită.

Expir încet, cu buzele întredeschise. Nu credeam că o să-mi răspundă.

– Două sunt pentru părinții mei. Una e pentru Seth, vocea i se frânge când rostește numele fratelui său.

Seth nu e mort, dar cred că, într-un fel sau altul, Malakai consideră că l-a abandonat. Că l-a pierdut. Poate că n-ar fi trebuit să întreb despre tatuaj. Mi se pare că s-a schimbat aerul din cameră și încep să stau ca pe ace, temându-mă ca Malakai să nu se retragă din nou. Din fericire, nu o face. Își înclină capul și-l sprijină de umărul meu, privindu-mă fix.

— Ce-i? îl privesc nedumerită.

Se întinde și îmi șterge colțul stâng al buzelor.

— Câte trufe ai mâncat, Anna?

Minunat. Izbucnesc în râs, deși îmi dau seama că probabil s-a amuzat în tot timpul ăsta pe seama mea.

— Aveam nevoie de energie, mă șterg și eu, doar ca să mă asigur că nu mi-a mai rămas ciocolată.

Încă rânjește când mă întind spre el și îl sărut.

— Mh... cred că înțeleg de ce-ai venit, îmi spune cu buzele lipite de ale mele.

Nu cred că știe cât de mare nevoie am de el. Nu cred că știe că am venit pentru că, deși l-am văzut astăzi, simțeam nevoia să-l văd din nou și să mă asigur că e bine.

Nu-l opresc când își strecoară limba printre buzele mele. Nu-l opresc când prinde de marginile tricoului și mi-l trage peste cap. Din contră. Îmi încleștez degetele în părul lui și-l trag mai aproape. Simt că dacă o să se îndepărteze, n-o să mai pot respira.

Când părinții mei mi-au spus că divorțează, forma mea de protest a constat în a mă îndepărta de ambii, în a mă strecura afară din casă ca să merg la petreceri, în a bea puțin prea mult, în a învăța prea puțin și în a-mi pierde virginitatea.

Atunci n-a fost nimic special. A fost doar ceva ce s-a întâmplat și am încercat să uit mai apoi.

Dar știu că o să vreau să-mi amintesc momentul ăsta toată viața, așa că mă îndepărtez câțiva centimetri și inspir adânc. Malakai mă prinde de talie și mă lipește de el și în următoarele secunde ajung cu picioarele încolăcite în jurul lui. Începe să-mi mângâie spatele și mă furnică pielea în toate locurile în care mă atinge.

Își flutură genele dese de câteva ori și ochii îi strălucesc când rămâne cu privirea fixată într-a mea. Îi zâmbesc și-l sărut lent.

— Hannah, îmi oftează numele când îl prind de marginile tricoului și-l ridic în sus. Glumeam... cred.

— Știu, îl asigur, apoi îl sărut din nou, încercând să-l opresc din a vorbi în continuare.

Pentru că eu nu glumesc.

Așa că atunci când ajunge deasupra mea, mă întind și îl sărut timid, încet, până când Malakai preia controlul și îi simt palmele încinse pe trupul meu. Nu regret nicio fracțiune din ce se întâmplă în continuare, iar când hainele nu mai stau între noi și îl simt cu totul, pleoapele îmi cad grele, încărcate cu dorință și strâng cearşaful în pumni, ca mai apoi să mă agăţ cu disperare de el.

Ştiu că ar trebui să mă gândesc la ce o să se întâmple în continuare. La cum o să fie el mâine şi la multe alte lucruri raţionale, dar nu vreau să o fac.

Vreau să trăiesc aici şi acum.

Vreau ca momentul ăsta să îmi aparţină, indiferent de ce o să se întâmple.

O să fie mai bine, nu mai rău

– Ar trebui să facem ceva, dacă tot ai un an liber.

Îmi rotesc capul și mă încrunt la el. Am impresia că încep să nu mai aud bine. E pauză și e mare agitație pe hol.

Și da, Malakai e la școală.

– Poftim?

Stă sprijinit cu umărul de dulapul de lângă al meu, ridică din umeri și îmi aruncă rânjetul ăla în care eu nu prea am încredere. Pentru că e fascinant, mă face să mă pierd și să fiu de acord cu orice tâmpenie care îi iese pe gură.

Am decis să mai amân facultatea cu un an. Mi-am dat seama că pur și simplu nu vreau să o fac acum. Vreau un an liber. La asta a contribuit și faptul că ar trebui să cer susținere financiară din partea mamei și, deși în ultimele două săptămâni am vorbit cu ea mai mult decât în ultimul an, încă nu am ajuns acolo. Am stabilit cu Parker să îl sun oricând am timp liber, dar nu vreau să îi forțez mâna, așa că îl sun o dată la două zile. Tot atunci, vorbesc și cu mama câteva minute. Cred că asta e una dintre condițiile lui Parker, deși nu a spus-o. Îmi spune cum stau lucrurile în universul lui Malakai și are suficientă răbdare încât să-mi pună întrebări și să mă întrebe cum aș reacționa în anumite situații. Mă corectează de fiecare dată când nu crede că ar funcționa abordarea mea și-mi spune ce ar trebui să fac sau să spun. Nu vreau să recunosc în fața nimănui, dar Parker chiar îmi este de ajutor.

— Spuneai, zilele trecute, că o să faci un an pauză, vocea răgușită a lui Malakai mă aduce cu picioarele pe pământ.

— A... da. Oricum nu am aplicat nicăieri și acum ar fi trebuit să primesc rezultatele, deci...

Am tras de timp până când acesta a expirat.

— Le-ai spus alor tăi?

— Bunica știe și e suficient, momentan. Mama n-o să fie prea încântată, dar nu poate să facă mare lucru, iar tata o să înțeleagă până la urmă că pur și simplu nu vreau s-o fac acum.

— Începi să semeni prea mult cu mine, Anna.

Scot cartea pentru următorul curs și închid dulapul, dar nu mă mișc.

— Poate, zâmbesc. Dar când trebuia să aplic la facultate, niciunul nu și-a dat interesul, așa că acum presupun că nu prea mai contează, iar bunica a fost de acord să mai stau cu ea o perioadă.

— Acum, te rog să te prefaci surprinsă de faptul că nici eu nu merg nicăieri.

Îmi unesc buzele într-o linie, încercând să nu râd. Malakai își încrucișează brațele la piept.

Nu sunt surprinsă. În schimb, sunt surprinsă de fiecare dată când îl văd la școală. Are ceva timp de când n-a mai chiulit de la vreun curs.

— Cred că trebuie să stau jos, îmi duc mâna la inimă și mimez surprinderea cât pot de bine.

— Nu mă mir că nu te-ai înscris la actorie, pufnește.

Îmi dau ochii peste cap și fac un pas spre el. Își coboară privirea spre mine și își lipește buzele de fruntea mea. Face asta destul de des. Mă sărută, mă atinge și din ziua în care mi-a spus adevărul a reușit să fie constant.

— Deci, ce spuneai?

— Că poate ar trebui să facem un plan, dacă tot avem un an liber.

Un plan.

Dumnezeule, acum chiar simt nevoia să stau jos. Și nu mă prefac. Mi s-au înmuiat picioarele și mă lipesc cu spatele de dulap, încercând să îmi recapăt echilibrul. Pentru că Malakai tocmai a spus că vrea să facem un plan și știu că nu e ceva ce ar spune dacă nu ar fi convins că asta ar vrea să facă.

— Un plan, repet, dar vocea îmi sună ciudat, departe de un ton normal.

— Nu fi așa surprinsă, Anna.

Găsesc curajul necesar să îl privesc. Încă zâmbește, dar pare al naibii de serios.

— Ă... nu sunt, clatin frenetic din cap.

— Cum spuneam... actoria nu-i de tine.

— Malakai...

Mi se clatină pământul sub picioare.

— Nu, mă întrerupe înainte să mai spun ceva. E în regulă. Până acum, trebuia să scoți promisiuni cu forța de la mine, iar acum vreau să facem planuri pentru un an întreg.

— Nu mă deranjează, îl asigur. M-ai luat puțin prin surprindere, atâta tot.

Din partea mea, am putea face planuri pe următorii zece ani. Sunt chiar atât de pierdută, însă până acum mă mulțumeam să îl știu bine de la o zi la alta. Malakai nu vrea să vorbim despre el, dar am reușit să o prind pe Marta singură și să vorbesc cu ea. A început să-și urmeze planul de terapie și să-și ridice rețetele la timp, iar lucrurile chiar au fost bune în ultima perioadă. O plac pe Marta. Chiar o plac, dar numai eu știu cum m-am abținut să nu îi reproșez că l-a lăsat pe Malakai să se izoleze nu doar după accident, ci și după moartea părinților săi. Îmi spun că nu contează. Tot ce contează e ce-o să se întâmple de-acum încolo. Tot ce contează e că Malakai vrea să își facă planuri.

— Doar dacă nu te-ai răzgândit și...

Mă ridic pe vârfuri și-l sărut. Dacă mai îmi spune odată că poate m-am răzgândit și nu-l mai iubesc, jur pe ce am mai sfânt că o să-i dau cu ceva în cap.

— Vorbim diseară despre asta... dacă vrei.

Îmi ferește o șuviță de păr după ureche. Simt o privire ațintită asupra mea și-mi întorc capul în reluare. Elliot ne aruncă o privire disprețuitoare când trece pe lângă noi. Știu că situația asta nu-i aduce niciun strop de fericire. Emily încă vorbește cu mine, deși sunt cea mai îngrozitoare prietenă de pe Planetă. Mi-am concentrat atât de mult atenția asupra lui Malakai, încât nu m-am mai gândit la cei din jurul meu. Și partea cea mai proastă e că nu mă simt deloc vinovată. Malakai are nevoie de toată atenția mea, pentru că lumea lui e diferită. Și știam de la bun început că apropierea de Malakai o să mă facă să pierd puținii prieteni pe care îi aveam. Știam și tot nu mi-a păsat.

Malakai își strânge mâinile în pumni.

— Ce s-a întâmplat?

— Am fost prieteni cândva. Acum, că mă gândesc la asta, mi se pare că a fost într-o altă viață, își concentrează atenția din nou asupra mea și-l iau de mâini, încercând să îi distrag atenția.

— Și ce s-a întâmplat?

— Ă... cred că ți-a spus Alek cum ne-am întâlnit în vara aia la clinică, după ce...

Face o pauză și mă simt datoare să intervin:

— Știu, îl strâng de degete, asigurându-l că știu ce a încercat să facă și că nu am de gând să plec nicăieri.

— Când m-am întors la școală, un an mai târziu, Elliot m-a întrebat dacă mi-a priit vacanța. Nu eram foarte stabil, așa că am sărit la el. Înainte să-l întreb la ce se referea. A avut o mână ruptă din cauza mea și vreo lună n-a venit la școală.

Ar trebui să îi iau partea lui Elliot, deși nu s-a deranjat niciodată să îmi povestească ce s-a întâmplat. În ochii lui, probabil, Malakai a sărit la el fără motiv. Și, din exterior, așa și pare. Ca o răbufnire nejustificată, dar nu e chiar atât de simplu. Niciodată nu e.

— O să uite peste câțiva ani. Ai putea să încerci să vorbești cu el.

Mârâie și interpretez asta ca fiind un răspuns negativ.

— Bine, cedez. Dacă nu plec acum, n-o să ajung la timp la oră.

Se ferește din fața mea și se apleacă, făcând o reverență.

— După tine.

Izbucnesc în râs și fac câțiva pași, apoi mă opresc și arunc o privire peste umăr. S-a ridicat, dar stă în același loc și mă privește atât de intens, încât mă sperie.

— Îți amintești că ai mai făcut asta o dată? îl întreb. Aveai un picior în ghips, o cârjă la îndemână și arătai ridicol.

— Eu? Ridicol? Anna, îmi rănești sentimentele.

Mă rotesc cu fața spre el.

— Ba da. Cred că a fost în aceeași seară în care ai anunțat toată lumea că inima mea îți aparține.

Sclipirea din privirea lui e nebunie curată. În loc să îmi răspundă, face un pas suficient de mare încât să ajungă în fața mea, îmi cuprinde obrajii în palme și își lipește buzele de ale mele. Îmi deschid buzele involuntar, închid ochii și icnesc surprinsă. Mă sărută posesiv și nici măcar nu încerc să mă lupt pentru control. Suspin ușor, pe măsură ce limba lui își face loc între buzele mele și o caută pe a mea. Îmi mut mâinile pe umerii săi, dar nu le pot ține acolo pentru prea mult timp. Le împreunez în spatele gâtului său și mă ridic pe vârfuri. Malakai are acum o mână strecurată în părul meu și-l strânge ușor în pumn, iar cealaltă îmi înconjoară talia.

Când se îndepărtează, mă lasă derutată și nesigură pe propriile picioare.

— O să întârzii, îmi amintește.

Încuviințez, deși nu știu în ce direcție ar trebui să o iau. Din fericire, el nu e la fel de afectat. Își trece o mână peste umerii mei și mă ghidează spre clasă.

— Ne vedem după...

Mă opresc când îl văd că mă urmează îndeaproape, pregătit să intre în clasă. Îmi arcuiesc întrebător o sprânceană, iar el îmi răspunde cu o ridicare din umeri.

— Ce coincidență, șoptește prea aproape de mine ca să pot gândi. Blocăm intrarea.

Mă pun în mișcare, încă încruntată și pierdută în spațiu.

Alek e deja la locul lui și se pare că doarme cu capul pe bancă. Malakai îl lovește peste spate, apoi îmi face cu ochiul și se așază la locul lui.

— Ce dracu' vrei? mormăie Alek fără să se ridice.

Mă trântesc pe scaun, dându-mi ochii peste cap. Sunt prinsă între ei doi. La propriu. De când Malakai s-a întors la școală, la fiecare oră pe care o avem în comun, sfârșesc prin a sta în banca dintre ei doi. Nu cred că vor să pună ceva distanță între ei. Malakai nu s-a răzbunat pe Alek din cauză că mi-ar fi spus toate acele lucruri și nu cred că are de gând s-o facă. Sau deja o face, încercând să se comporte cât mai normal posibil, iar lucrul ăsta îl cam sperie puțin pe Alek. Nu cred nici că vor să mă facă pe mine să mă simt inconfortabil. Nu-și aruncă priviri ciudate care să mă facă să cred că încă au de împărțit ceva. Cred că e pur și simplu o coincidență.

— 'Neața!

Alek se întinde și cască. Îi arunc o privire dezaprobatoare.

— 'Neața, îi răspund.

— Noapte grea? îl întreabă Malakai.

Alek îi arată degetul mijlociu și își trântește ghiozdanul pe bancă, căutându-și o poziție confortabilă în care să mai doarmă câteva minute.

Malakai își mută banca mai aproape de a mea, apoi își trage scaunul cu piciorul. Mereu face asta.

— Îmi era dor de tine, îmi spune pe un ton relaxat când arăt spre banca lui și plescăi nemulțumită din buze.

De fiecare dată când îl privesc, am impresia că încerc să clipesc cât mai puțin posibil ca să nu pierd nimic. Nicio secundă. Nu-mi scapă cearcănele de sub ochii lui și privirea obosită - cred că și el a avut o noapte grea, la urma urmei. Nu vrea să vorbească despre asta și nu insist. Parker mi-a repetat de nenumărate ori că n-ar trebui să-l tratez altfel. Că nu ar trebui să îl întreb cum se simte sau alte prostii de genul ăsta. Și nu o fac.

— Un plan, citesc pe buzele lui, în timp ce profesorul intră în clasă.

— Un plan, repet.

Inima-mi bate atât de tare, încât îmi duc mâna la piept. Știu că nu mă ajută, dar vreau doar s-o rog să nu-mi sară din piept.

Un plan.

Încep să mă obișnuiesc cu un Malakai care vrea să facă planuri de viitor. Încep să mă obișnuiesc cu starea asta constantă de beție în care mă ține și uneori uit că lucrurile o pot lua razna în orice moment. Sau poate că vreau să uit. Poate că uneori mă doare atât de tare când mă gândesc la asta, încât nu pot suporta.

Și atunci mă mint și îmi spun că o să fie mai bine, nu mai rău.

Ar trebui să fiu fericită. Știu asta. Dar nu mă pot gândi decât la faptul că aș prefera adevăruri dureroase decât promisiuni încălcate. Dacă Malakai începe să facă planuri, îmi oferă o fărâmă de speranță.

Și cred că e cel mai periculos lucru pe care poate să-l facă - să-mi spună lucruri pe care vreau să le aud.

Parker mi-a spus că așa o să fie, ca într-un roller coaster de emoții, și că nu trebuie să trec prin asta. Că pot să renunț în orice secundă, dar el nu înțelege că nu pot să o fac. Mârâi de fiecare dată când sugerează asta, așa că presupun că măcar intuiește că nu vreau să o las baltă. Și atunci încearcă să mă consoleze, spunându-mi că o să fie foarte aproape de normalitate la un moment dat. Oricum, de normalitatea noastră.

Încerc să fiu atentă la ce se vorbește în clasă, dar durează prea puțin ca să conteze. Telefonul îmi vibrează în buzunar și-l privesc pe Malakai cu coada ochiului. Își ține un picior întins pe lângă bancă, brațele încrucișate la piept și pare atent la ce vorbește profesorul. Deblochez telefonul și citesc mesajul.

Ce vrei de ziua ta, Anna?

Asta e întrebarea zilei. Ce vreau de ziua mea. Nu-i răspund la mesaj. Știu ce vreau de ziua mea, dar nu o să-i placă și nu e ceva ce aș vrea să-l anunț printr-un mesaj.

Nu poți să pierzi ceva ce n-ai avut niciodată

Îmi stă inima în loc și nu mai pot respira. Palmele îmi transpiră abundent și îmi tremură picioarele. Nu știu cum se manifestă atacurile de panică, dar mă tem că s-ar putea să urmeze unul.

Trebuia să mă întâlnesc cu Malakai ca să mergem să vedem un film și-mi dau seama că s-ar putea să fie cea mai proastă idee posibilă. Și nu pentru că m-a lăsat baltă. Nu pentru că apare din nou de mână cu alta. Malakai își face apariția și e singur. Singura problemă e că s-a urcat din nou pe capcana aia a morții. Îmi repet că e în regulă, frustrată că nu am nimic în apropiere de care m-aș putea sprijini ca să-mi recapăt echilibrul. Nu, nu e deloc în regulă.

Malakai. Nu. Poate. Să-mi. Facă. Asta.

Inspir. Expir. Mă sufoc.

Parchează între două mașini și se dă jos. Nu știu dacă m-a văzut, dar din locul în care stau, aproape de intrare, îl văd perfect. Își dă casca jos, își trece o mână prin păr, apoi se îndreaptă spre mine. Pe buze îi apare un zâmbet larg când mă vede, dar nu mă ajută. Nimic nu m-ar ajuta în momentul ăsta. Îmi vine să alerg și să-l lovesc, să-l înjur și să-l întreb ce naiba este în neregulă cu el, dar nu fac nimic din toate astea. Pur şi simplu, aştept să ajungă în faţa mea.

— Hannah, vocea lui e joasă şi are o nuanţă de îngrijorare, ce s-a întâmplat?

Îmi încleştez degetele în antebraţul lui, căutând sprijin. Nu îndrăznesc să-mi ridic privirea spre el. Sunt prea furioasă. Aşa că-mi fixez privirea asupra bocancilor săi în care şi-a îndesat blugii. Nu s-a deranjat să se lege la şireturi, ci doar le-a băgat neglijent înăuntru, aşa cum face mereu.

— Hannah, repetă la fel de îngrijorat.

— Nimic, oftez. Nu s-a întâmplat nimic. Lasă-mă un minut, bine?

Îmi ridică bărbia, forţându-mă să-l privesc. Se pare că n-are de gând să-mi ofere minutul de care am nevoie să mă calmez, dar nu-l învinovăţesc. Are o cută adâncă între sprâncene şi pare teribil de îngrijorat.

— Credeam... Speram, mă corectez în timp ce-mi înfig degetele în geaca lui, că nu o să te mai urci pe chestia aia prea curând, flutur cu cealaltă mână spre motocicleta parcată.

Îşi ridică sprâncenele şi vrea să spună ceva, dar se răzgândeşte.

— Malakai...

— Nu m-am gândit la asta, mă întrerupe. Serios, Anna. Chiar nu m-am gândit.

Se relaxează și zâmbește, deși eu nu reușesc să găsesc motivul zâmbetului său.

— Nu e amuzant, mârâi la el.

— Știu.

Îmi mușc buza de jos, încercând să nu țip la el. Poate că pentru el nu reprezintă o problemă. Poate că nici măcar nu-și dă seama ce m-a apucat, însă mintea mi-a fost invadată de imagini cu el zăcând pe asfalt și acum mi se pare că văd numai sânge în fața ochilor.

Nu mai am niciun chef de film. Nu mai am niciun chef de nimic.

— Ce-ai zice dacă am face altceva? mă întreabă, dându-și seama că probabil aș sta înmărmurită pe scaun aproape două ore, fără să conștientizez ce se întâmplă în jurul meu.

— Altceva?

— Am putea să ne plimbăm... Pe jos, adaugă.

Mă prinde de mână și își împletește degetele cu ale mele. Încă mă agăț de el și mi-e greu să îi dau drumul, dar nu pare să se grăbească. Mă sărută pe frunte înainte să mă sărute pe buze – e un lucru pe care îl face des și m-ar scoate din minți dacă n-ar veni din partea lui Malakai. Dar mă gândesc că poate e modul lui să se asigure că sunt aici. Poate e modul în care încearcă să mă asigure că e bine. Nu sunt sigură, dar îmi place când face asta.

Reușesc să-mi descleștez degetele de pe mâna lui. Încă are privirea fixată asupra mea și nu se mișcă până nu se convinge că mi-a trecut. Nu mi-a trecut îngrijorarea. Nu o să-mi treacă niciodată, dar măcar acum pot să respir fără să mai simt durerea aia sâcâitoare în piept.

— Ți-e foame?

Clatin din cap.

— Vrei să mergem undeva anume?

— Nu neapărat.

Chiar nu mă prea interesează ce facem, atâta timp cât el e aici.

— Seth s-a întors azi dimineață, spune ca și cum m-ar întreba în continuare ce aș vrea să facem.

Îmi ia câteva clipe să procesez informația pe care mi-a oferit-o mult prea brusc. Malakai nu prea vorbește despre fratele lui și nu știu nimic altceva în afară de faptul că a fost închis pentru posesie de droguri. Dar asta s-a întâmplat acum trei ani și habar n-am de ce nu s-a întors mai devreme. Îmi rotesc capul spre el, încercând să-i ghicesc starea de spirit. Încearcă să nu afișeze nicio emoție, dar pare totuși încordat și n-avea cum să se întâmple ceva bun dacă întoarcerea fratelui său îl deranjează.

— N-am vorbit prea mult cu el, continuă înainte să întreb ceva. De fapt, mai mult am urlat unul la altul.

— De ce?

— Pentru că a ieșit din închisoare acum un an, pufnește. L-am întrebat ce dracu' a făcut de atunci și a început să-mi explice că avea nevoie să își pună ordine în viață și că nu i-a fost ușor. Că nu știa cum să se descurce cu mine sau că nu s-a simțit pregătit să o facă până acum. Numai rahaturi.

Nici măcar nu cred că își dă seama că mă strânge de degete cu putere. Nu e deranjant, așa că nu-i atrag atenția, dar îmi amintesc toate lucrurile pe care mi le-a spus Parker - dacă ajung să mă cert cu Malakai, trebuie să cedez. Să nu-i arunc în față lucruri, să nu-i spun cât de dificil e să fiu în preajma lui uneori. Nu sunt subiecte tabu, doar că n-ar trebui aduse în discuție într-o ceartă. Și am impresia că doar apariția lui Seth a pus paie pe foc. Cu siguranță, certurile și reproșurile nu o să-l ajute cu nimic pe Malakai.

Pe de altă parte, mă gândesc că și Seth și-a pierdut părinții odată cu Malakai. Că a trecut prin același lucru și nu, nu a fost ușor, dar poate că a făcut față mai bine decât Malakai. Și când mă gândesc la asta, nu vreau să spun că nu a suferit, ci că nu a încercat să-și ia viața.

— Face parte din familie, Kai. Știu că o parte din tine îl urăște pentru că a fost arestat și se gândește că putea să împiedice lucrul ăsta - că putea să nu dispară, dar acum e aici. Și, indiferent de ce s-a întâmplat, poate că ar trebui să îi dai o șansă.

Strânsoarea din jurul degetelor mele mai slăbește puțin.

— Nu ați fost prea apropiați? continui, deși sunt conștientă de faptul că ăsta e teren minat.

Sper doar că n-o să-mi explodeze nimic în față. Că Malakai nu o să răbufnească. Poate mă bazez prea mult pe faptul că în ultima vreme a fost surprinzător de stabil, dar totul e un risc când vine vorba de Malakai, așa că nici măcar nu mă mai deranjez să dau înapoi.

— Din contră, râde sec. Era prietenul meu cel mai bun. În vara aia a terminat liceul și urma să plece la facultate, așa că presupun că l-aș fi pierdut oricum... Oarecum, oftează. Dar măcar puteam să îl sun, iar el putea să vină oricând acasă... Nu eram pregătit să-l pierd cu totul. Nu eram pregătit să pierd nimic, de fapt.

Oftează atât de adânc, încât am impresia că aerul pe care-l expiră mă zguduie puțin.

Ar fi stupid să-l întreb de ce nu l-a vizitat niciodată. În perioada aia, Malakai era internat.

— Nu știu cum să-mi reduc mintea la tăcere, continuă, luându-mă prin surprindere. E un lucru pe care n-am reușit niciodată să-l fac și mereu simt prea mult și gândesc prea mult... Și prea tare... Are sens ce spun?

Își rotește capul spre mine. Dau din cap, incapabilă să vorbesc. Zâmbetul lui resemnat îmi frânge inima, dar înțeleg - gândurile din mintea lui sunt gălăgioase.

— Așa că m-am tot întrebat de ce nu s-a întors. De ce nici măcar nu s-a deranjat să sune vreodată... și când a apărut azi, toate gândurile alea s-au transformat în sentimente. Așa că am răbufnit, dar se pare că are de gând să rămână prin preajmă o perioadă și nu-mi rămâne decât să mă împac cu ideea. Din fericire, e suficient loc pentru amândoi în casa aia... cum ai descris-o tu atunci? Rece și deprimantă?

Înghit în sec. Sunt surprinsă că-și amintește. La început, mereu mi-a lăsat impresia că nu asculta niciun cuvânt și acum mă întreb ce alte prostii am mai spus și dacă s-a simțit rănit de vreun cuvânt pe care l-am aruncat la întâmplare.

— Cât are de gând să stea?

Sunt împărțită în două și nu prea știu care dintre ele predomină. O parte din mine se bucură de întoarcerea lui Seth. Orice s-ar întâmpla acum între ei, la urma urmei, sunt frați. Vreau să cred că Seth îl poate ajuta pe Malakai... dacă vrea. Însă pe cealaltă parte... Dacă Seth nu are de gând să rămână, atunci aș fi preferat să nu se întoarcă deloc, pentru că ultimul lucru de care are nevoie Malakai e instabilitate. Da, sunt egoistă. Sunt egoistă, pentru că eu fac tot ce pot pentru Malakai și nu o să privesc de pe margine cum cineva intră în viața lui și i-o dă peste cap. Nu-mi pasă dacă acea persoană e fratele lui.

— Până în toamnă sau până la anul, nu știu sigur. Mi se pare că are de gând să se înscrie din nou la facultate sau asta am înțeles printre toate țipetele.

Mă urăsc. Mă urăsc pentru că în urmă cu o secundă am fost atât de egoistă. Malakai râde amar și mi se formează un gol în stomac și un nod în gât. În ce naiba m-am transformat? Malakai are nevoie de fratele lui. Are nevoie de cineva din familia lui. Îl iubesc, dar n-o să îi pot înlocui niciodată familia.

— E aici, oftez. Poate că asta e tot ce contează, Malakai. Dacă n-ați mai țipa unul la celălalt, poate că ai putea să-l ierți.

— Vrei înghețată?

Se oprește și fac și eu același lucru. Suntem la câteva străzi depărtare de cinematograf, aproape de centru. Nu-mi place modul în care a schimbat subiectul, brusc și de parcă nici n-am fi avut un subiect de conversație în primul rând, dar ce pot să fac? Dacă insist, sunt sigură că lucrurile o s-o ia razna foarte repede.

— Sigur, mint. Doar cu ciocolată, îl rog și încerc să mimez chiar și un zâmbet.

Îl privesc cum se îndepărtează spre gelateria de peste drum, dar nu îl urmez. Am nevoie de momente de pauză uneori și niciodată nu m-am simțit mai vinovată în întreaga mea existență. Mă simt vinovată că am nevoie de câteva minute în care să-mi pun gândurile în ordine și să-mi amintesc să respir. Să-mi spun că totul o să fie bine, dar uneori am impresia că se petrec prea multe lucruri deodată.

E o prostie să cred că n-o să mai pot iubi pe nimeni, niciodată. Știu că oricine mi-ar spune că prima dragoste nu e aproape niciodată și ultima și chiar încerc să gândesc rațional, deși nu știu de ce o fac. Am avut mult mai multe motive să mă gândesc la asta acum ceva timp, în perioada în care nici măcar nu știam ce se petrece cu Malakai, dar nu am făcut-o. Acum mă gândesc la asta, îmi dau seama că nu asta e problema - dacă o să mai pot iubi vreodată pe cineva în cazul în care... În cazul în care Malakai... decide că nu mai vrea să fac parte din viața lui, pentru că sub nicio formă nu pot să accept gândul că Malakai nu o să mai fie. Așa că, în cazul în care Malakai decide că nu mai vrea să fac parte din viața lui, nu știu cine o să fiu. Anna o să înceteze să mai existe, dar Hannah se va transforma într-o nălucă a ceea ce a fost cândva. Dacă îl pierd, o să mă pierd și pe mine.

Dar când Malakai iese pe ușa gelateriei, îmi dau seama că am rămas în același loc, fără să mă mișc nici măcar un pas și îl privesc fascinată. Câteodată îmi fac atât de multe griji pentru el, încât uit să-l mai privesc cu adevărat. Uneori uit cât e de înalt, îi uit forma perfectă a maxilarului sau culoarea ochilor. Uit pentru că sunt prea ocupată să încerc să-i privesc sufletul, așa că nu prea mai arunc o privire la exterior. E ceva atât de lejer în modul în care pășește, încât îmi dă impresia că nu are nicio grijă, iar modul în care-mi zâmbește până când i se formează acea gropiță în obrazul drept îmi provoacă niște tumbe dubioase în stomac. Îmi permit să-l admir până când ajunge în dreptul meu, dar adevărul e că am încetat de mult să mă mai bucur de cum arată. Nici măcar nu-mi mai pasă.

— Ce-i? mă întreabă, întinzându-mi un cornet cu două cupe de înghețată.

Îi răspund la zâmbet și-mi iau înghețata.

— Ai idee cât de mult te iubesc?

Se încruntă ușor, cu o sprânceană arcuită și își trece limba peste buza de sus.

— Poftim?

Știu că m-a auzit, dar o să intru în jocul lui.

— Ai idee cât de mult te iubesc? repet.

— Hannah...

Mă pierd în albastrul întunecat al ochilor săi.

— Nu, îl întrerup. Te iubesc, Malakai. Și știu că sunt doar niște cuvinte alăturate în care tu ai încetat de mult să mai crezi, dar...

Îmi acoperă buzele cu ale sale înainte să-mi duc propoziția la bun sfârșit. Are buzele reci, cu gust de vanilie - se pare că Malakai chiar urăște ciocolata, sub toate formele, mai puțin trufele de la Katherine. Nu e un sărut pasional, ci unul scurt, ca să mă reducă la tăcere.

— Știu, Hannah, îmi spune după ce se retrage. Tu mă faci să cred.

Inima mea sare peste câteva bătăi, apoi încearcă să recupereze, bătând mai repede.

— Știu ce vreau de ziua mea, o spun repede, înainte să mă răzgândesc.

Îmi zâmbește arogant.

— Știi?

Încuviințez. M-a tot întrebat asta. În fiecare zi. Și am evitat să îi ofer răspunsul, încercând să găsesc un moment potrivit să îi spun, dar îmi dau seama că s-ar putea să nu existe un asemenea moment. Oricum, nu pentru ceea ce vreau să-i cer.

Și m-am gândit și la cum aș putea să fac asta, așa că mi-a venit o idee. Scot din buzunarul de la blugi bucata de hârtie împăturită pe care o port cu mine de câteva zile bune și i-o întind cu degetele tremurânde.

— Ce-i asta?

— E o foaie din agenda pe care mi-am trecut lucrurile pe care vreau să le fac înainte să mor. Am mai scris ceva, îi explic în continuare. Înainte s-o citești, ascultă-mă.

Vocea îmi tremură, dar el așteaptă răbdător să-mi pun gândurile în ordine. Își mănâncă înghețata, în timp ce a mea cred că o să înceapă să se topească în curând.

— Te ascult.

— Te implică pe tine, inspir adânc. Și e un lucru pe care mi-l doresc, dar doar dacă vrei și tu.

Îmi întinde înghețata lui și nu vreau să o iau, dar nu știu cât mai pot să amân momentul, așa că o iau și aștept ca el să despăturească foaia și să citească ce am scris pe ea.

Simt nevoia să o iau la fugă. Își plimbă privirea pe foaie de câteva ori, dar fața lui nu trădează niciun gând, niciun sentiment, nimic și mă întreb ce naiba a fost în capul meu să fac asta. Dar Malakai nu explodează, ci doar respiră puțin mai alert. Momentan.

— De ce?

Îl privesc surprinsă.

— De ce, Anna? De ce vrei să vii cu mine la terapie?

Pot să o iau la fugă?

Îi întind înghețata înapoi, susținându-i privirea. Merge și o aruncă la coș, apoi se întoarce. Se pare că i-a pierit cheful.

— Îmi amintesc că mi-ai spus că mama ta obișnuia să vină cu tine la ședințe, îi reamintesc. Vreau să fac asta, Malakai. Vreau să fac asta pentru mine și...

Nu mai continui. Îmi dau seama că am spus ceva greșit după expresia împietrită pe care o adoptă și sclipirea de nebunie care-i apare în privire. Din instinct, fac un pas în spate.

— Parcă nu credeai că sunt nebun.

— Dacă vreau să vin cu tine la ședințe, nu înseamnă că am impresia că ești nebun.

Fac un efort să nu ridic vocea la el, dar nu pare să-i pese.

— Vrei să faci asta pentru tine? Te scot din minți, Anna? Sunt atât de insuportabil, încât ai nevoie de terapie ca să știi cum să-mi faci față?

Ă... da, poate. Dar în niciun caz nu o să-i spun asta. Și nu. Vreau să fac asta pentru că altfel am impresia că nu o să-l pot ajuta niciodată. Că nu o să-l pot înțelege niciodată.

— Nu asta am vrut să sugerez, încerc să rămân calmă.

— Naiba știe ce vrei să sugerezi, Anna. Într-o secundă îmi spui că mă iubești, apoi îmi amintești că am nevoie de terapie și, pe deasupra, îmi spui că ai vrea să vii cu mine pentru că nu mai poți să faci față la toată situația. Ți-am spus că aici o să se ajungă, nu?

— Nu asta am spus!

— Ți-am spus că aici o să se ajungă, nu? De data asta, țipă cu adevărat la mine și reușește să mă sperie. Ți-am spus că nu merit efortul! Ți-am spus...

În minte îmi revin cuvintele lui Parker și nu pot face nimic să le blochez. Mai devreme sau mai târziu, oameni ca Malakai devin violenți. Mai fac un pas în spate.

— Nu asta am spus, repet. Nu încerca să-mi pui în cârcă chestii pe care nici măcar nu le-am rostit.

— Dar le-ai gândit, pufnește. Cu siguranță. Și acum te uiți la mine și te gândești cum să scapi de aici mai repede. Ce să zic... a fost amuzant cât a durat și presupun că trebuia să-mi dau seama că totul e doar așa, ca să treacă timpul.

Spune atât de multe lucruri lipsite de sens, încât nici măcar nu știu pe care să mă concentrez.

— Du-te acasă și nu-mi mai irosi timpul.

Deloc surprinzător, nu eu sunt cea care țipă cuvintele astea. Malakai o face și nici măcar nu mai așteaptă un răspuns din partea mea.

— Nu știu de ce te agăți de mine în halul în care-o faci, dar e cazul să încetezi. Oricum, nu poți să pierzi ceva ce n-ai avut niciodată. Și, dacă e să fii sinceră cu tine, Hannah... Nu mă iubești. Iubești ideea de ce aș putea să devin și ghici ce? Nu o să fiu niciodată cine vrei tu să fiu. Și încetează să fii atât de pisăloagă. Ești obositoare.

Deja se îndepărtează, iar eu rămân în mijlocul străzii. Scap înghețata din mână și lacrimile îmi cad șiroaie pe obraji.

Privesc în urma lui, dar nu îndrăznesc să mă mișc. Nu-mi amintesc acum mai nimic din ce mi-a spus Parker, în afară de riscul de a deveni violent, dar sunt sigură că mi-a spus că reacțiile astea sunt normale și ar trebui să mă aștept la ele. Însă cuvintele sale s-au înfipt în inima mea și am impresia că încă le răsucește, deși nu mai e prezent.

Nu știu dacă e posibil să mori din cauza unei inimi frânte, dar sunt destul de sigură că eu sunt pe aproape. Nu mai pot să respir, tremur din toate încheieturile și în loc să mă gândesc la mine și la toate lucrurile oribile pe care le-a spus Malakai, nu mă pot gândi decât la faptul că a venit cu motocicleta și că se îndreaptă spre ea chiar în secunda asta.

Asta e noua modă

Să merg acasă.

Să nu-i mai irosesc timpul.

Să nu mă mai agăț de el în halul în care o fac.

Să încetez.

Nu pot să pierd ceva ce n-am avut niciodată.

Nu-l iubesc.

Iubesc ideea... n-o să fie niciodată...

Trebuie să încetez. Nu e momentul potrivit să mă gândesc la tot ce a spus Malakai și nu pentru că nu mi-aș simți inima sfâșiată în mii de bucăți, ci pentru că, în ciuda a tot ce mi-a spus, sunt atât de idioată, încât încă îmi fac griji pentru el. Nu poate să șteargă lucrul ăsta aruncând în mine cu vorbe pe care nici măcar nu sunt sigură că le crede. Nu știu dacă le crede. Pentru că nu știu ce e în mintea lui Malakai și nu o să știu niciodată, dar continui să mă mint și să-mi spun că e un simptom al tulburării sale. Un mecanism de apărare. Pleacă înainte să-l pot răni, deși nu aș face-o niciodată cu intenție.

Concluziile pe care le-a tras... habar nu am de unde le-a scos. Nu la asta voiam să se ajungă. Singurul lucru care a fost în mintea mea, atunci când m-am gândit că aş vrea să merg cu el la terapie, a fost că vreau să-l înțeleg. Că vreau să-l pot ajuta. Că vreau să fiu acolo pentru el, orice ar fi. Poate că ar fi trebuit să-i cer părerea lui Parker înainte să iau decizii de una singură.

Pentru că nu mai pot să fac față la toată situația?

Cine ştie? Poate că există o fărâmă de adevăr în ce a spus Malakai, dar nu aşa cum crede el. Nu vreau să scap de el. Nu vreau să se îndepărteze. Şi în niciun caz n-o să stau pe margine să privesc cum îşi pune viața în pericol, pentru că, indiferent că simte sau nu ceva pentru mine, e viața lui în joc.

Şi, deşi sunt înțepenită, extenuată nu doar fizic, ci şi psihic şi îmi tremură picioarele atât de tare, încât nici măcar nu pot să mă mişc, reuşesc să-mi scot telefonul din buzunar. Mă gândesc că aş putea să sun la conac, să vorbesc cu Marta ori cu Seth, sau cu oricine ar fi acolo, dar nu o fac. În schimb, îl sun pe Alek. Nu-mi răspunde, aşa că mai încerc de câteva ori, până când, în cele din urmă, pune mâna şi răspunde la nenorocitul ăla de telefon:

— Hannah, iubire... Sunt în mijlocul a ceva acum...

— A-l-e-k, îi şoptesc numele printre suspine.

— Hannah? Plângi? Ce naiba s-a întâmplat?

Vocea lui joasă nu e mai mult decât o şoaptă, dar pare îngrijorat. Îmi dau seama că a renunțat la orice făcea.

— Malakai, suspin în continuare. Crezi că ai putea să mergi până la el să vezi dacă e... Dacă ajunge... El... Ne-am certat și a venit cu moto... Și... Alek...

Nimic din ce spun nu are sens.

— Bine, îmi răspunde imediat. Mă pornesc chiar acum, bine? Unde ești?

Ridic din umeri, gest complet inutil, din moment ce el nu e aici să mă vadă. Nu mai vreau să vorbesc cu el. Nu vreau să-i repet toate lucrurile pe care mi le-a spus Malakai și în niciun caz nu vreau să înceapă lumea să se uite la mine de parcă aș fi nebună. Îmi șterg lacrimile și o iau din loc, în direcția din care am venit, deși nu am siguranța că o să-l găsesc pe Malakai. Și, dacă e să fiu sinceră, nu mă simt în stare să dau ochii cu el acum. Pentru că mă simt inutilă și nu cred că aș putea să-l opresc. Trebuia să merg după el chiar atunci, dar n-am făcut nimic altceva decât să plâng și să privesc în urma lui. Poate că sunt slabă. Poate că am ajuns la capătul puterilor. Poate că vreau doar să știu că e bine și măcar pentru o seară să nu-mi mai fac griji. Evident că azi nu e acea seară.

— Hannah?

Clipesc nedumerită.

— Scuze, îi răspund lui Alek. Sunt bine, îl mint, deși știu că nu o să mă creadă. Doar... vezi dacă reușești să dai de Malakai, bine?

— Sigur. Vrei să vin după aia să te iau?

— Nu, mulțumesc. Mă descurc.

Închid telefonul înainte să-mi ceară explicații sau să mă roage să-l aștept. Ajung de unde am plecat, din fața cinematografului. Mâinile îmi tremură și le bag în buzunarele de la blugi, sperând că așa o să-și recapete controlul.

Malakai nu e nicăieri și, într-un mod ciudat, nu sunt deloc surprinsă. Nu sunt surprinsă nici de faptul că motorul lui nu mai e aici.

S-a urcat pe rahatul ăla, nervos și instabil. Iar nervii mei sunt vraiște, sunt instabilă emoțional și mă transform într-o epavă. Pentru că a naibii să fiu dacă îmi dau seama unde și cu ce am greșit. Nu am vrut decât să-l ajut. Asta am vrut de la bun început. De când am intrat pentru prima dată în conac, i-am văzut privirea goală și mi-am dat seama că s-a izolat.

Mi-am promis că nu o să-l las să dispară.

Mi-am promis că o să-l găsesc și că o să-l aduc înapoi.

Pentru o scurtă perioadă, m-a lăsat să cred că am reușit. Mi-a dat impresia că s-a mutat în universul meu. Acum îmi dau seama că o parte din Malakai a rămas mereu pierdută în acel univers al lui și că n-am avut nicio șansă să-l aduc înapoi. Nu când a tot continuat să piardă bucăți din el și să le mute, încetul cu încetul, dincolo.

În loc să-mi duc promisiunea până la capăt, am încălcat una pe care mi-am făcut-o mie însămi cu mult înainte să-l cunosc pe Malakai.

Mi-am promis că nu o să mă pierd din nou.

Iar acum am călcat acea promisiune în picioare, fără să-mi pese de consecințe. Cum pot să-l găsesc când nici măcar nu mai știu cine sunt? Partea cea mai proastă e că Malakai are dreptate. M-am agățat de el încă de la bun început, deși nu mi-a cerut niciodată să fac asta. Am insistat, în ciuda faptului că a încercat de atât de multe ori să mă îndepărteze. E doar vina mea că am o inimă frântă și sunt vraiște.

Îmi ia ceva timp să ajung acasă. Bunica e în sufragerie și, deși, de obicei, aș evita-o, de data asta nu pot s-o fac. Pentru că singurul lucru de care am nevoie e o îmbrățișare. De la cineva care o să mă asigure pe mine că o să fie bine și că lumea mea nu o să se sfârșească dintr-atât. Mă îndrept spre ea, fără să mă deranjez să mă dezbrac sau să mă descalț, și cad în genunchi în fața ei. Îmi așez capul pe picioarele sale și încep să plâng, fără să-i ofer nicio explicație. Nu-mi cere una, ci doar își așază mâna pe capul meu și începe să-mi mângâie părul. O aud oftând adânc, de parcă știe ce s-a întâmplat și ce mă doare.

— Îmi pare rău, încerc să-i vorbesc.

— E în regulă, scumpa mea. O să fie totul bine.

Asta mă face să plâng și mai tare. Nu cred că o să mai fie vreodată ceva bine și nu pot decât să plâng. Nu pot decât să-mi permit să fiu slabă și mă urăsc pentru asta. Pentru că eu nu sunt așa.

— Nu cred, îmi ridic capul și-mi șterg lacrimile. Cred că...

— Ce s-a întâmplat?

Nu pot să suport blândețea din privirea ei. Îmi cobor capul ca să evit toată înțelegerea pe care o citesc în ochii ei. Îi îmbrățișez picioarele și-mi așez din nou capul pe ele.

— Malakai, îi răspund. M-am certat cu Malakai...

E cam mult spus că m-am certat cu Malakai, dar chiar nu mă simt în stare să-i explic toată situația. Știu că și-ar face și mai multe griji decât până acum și n-aș suporta asta.

— Probabil o să vă împăcați, Hannah.

O spune cu atâta siguranță în glas, încât tind să o cred. Dar chiar dacă are dreptate, cum aș putea să uit vreodată tot ce mi-a spus Malakai?

Sunt pisăloagă.

Și obositoare.

Plâng până când rămân fără lacrimi, iar ochii încep să mi se usuce. Am amorțit și cred că am ceva vreme de când stau aici, dar bunica mă alină în continuare așa cum poate.

— Cred că... o să merg în camera mea acum. Mulțumesc.

Ar vrea să mai stau cu ea și să îi explic. O văd în ochii ei. Dar nu pot. Mă ridic cu greu și mă îndrept spre camera mea. Închid ușa și mă lipesc cu spatele de ea, apoi alunec și cad, fără să-mi pese. Îmi ascund fața în mâini, dar măcar nu mai plâng. Nu mai pot. Îmi las capul pe spate și oftez, suspin și mă rog ca durerea asta să înceteze odată. Habar n-am cât de mult pot s-o mai suport.

Mai trece ceva timp până când aud o bătaie în geam. Mă ridic cu palmele sprijinite de ușă și mă îndrept cu picioarele înțepenite spre fereastră. Îmi tremură degetele și o deschid cu greu.

Alek are cute adânci pe frunte, iar sprâncenele aproape i se unesc, de cât de tare se încruntă.

— Arăți ca naiba, e primul lucru pe care mi-l spune înainte să se arunce cu picioarele înainte.

N-am zis niciodată că Alek ar fi sensibil.

— Mersi, îi răspund. Asta e noua modă.

— Să plângi din cauza iubitului tău puțin...

— N-o spune, îl întrerup țipând.

Îi arunc și o privire furioasă pe deasupra, ca să mă asigur că nu o să-și ducă gândul până la capăt. N-aș suporta să-l aud spunând că Malakai e nebun sau instabil. Nu mai suport.

— Scuze, își ridică palmele, bătând în retragere.

— E bine?

Ăsta e primul lucru pe care trebuia să-l întreb, dar n-am putut. Am vrut să mai amân momentul cu câteva clipe. Mintea mea nu poate să proceseze posibilitatea că Malakai nu e bine. Că i s-a întâmplat ceva.

— Mda. E bine. E un dobitoc și jumătate, dar e bine și trăiește, dacă asta vrei să știi.

Cum ziceam, Alek nu e un tip prea sensibil.

Mă așez pe pat și-mi sprijin capul în mâini. Malakai e bine, dar eu tot nu pot să respir ușurată.

— Hannah... Ai de gând să-mi spui ce s-a întâmplat?

Alek se trântește lângă mine. Îmi las mâinile în jos și îmi rotesc capul spre el. Nu mai e atât de încruntat, iar ochii lui sunt mai mult gri decât verzi în secunda asta.

— Cum ai ajuns iar la geam?

— Ă... scară, copac, burlan. O poveste lungă. Nu mai trage de timp și spune-mi.

Ridic din umeri. Alek știe de toate problemele lui Malakai, dar, chiar și așa, mi-e rușine să-i repet tot ce mi-a spus.

— Ne-am certat, scrâșnesc din dinți. Ne-am certat, pentru că m-am gândit că ar fi o idee bună să merg cu el la ședințele de terapie. Evident, lui nu i s-a părut a fi o idee atât de bună și a început să-mi spună tot felul de lucruri...

— Ce fel de lucruri?

— Să nu-i mai irosesc timpul, că sunt pisăloagă și obositoare și că... că nu-l iubesc. Că, de fapt, iubesc numai ideea cine ar putea să fie dacă... dacă nu ar avea toate problemele pe care le are. Și nu e adevărat, simt nevoia să-i explic. Nu-i adevărat, dar sunt atât de epuizată, încât nu mai știu ce naiba să fac și vreau doar un moment de liniște...

— E vina mea, scoate un sunet gutural care mă face să mă încrunt.

— Cum e asta vina ta?

— E vina mea, repetă de parcă nu m-a auzit. Știam de toate problemele pe care le are și, în loc să-ți spun, te-am încurajat să te apropii de el. E numai și numai vina mea.

— Nu e vina ta, îl asigur. Nu e vina nimănui.

Chiar cred asta. Nu e vina lui Alek. Nu e vina mea și în niciun caz nu e vina lui Malakai, care nu-și poate controla sentimentele și tot ce-i iese pe gura aia păcătoasă.

— Ba da, e vina mea.

Începe să-și frământe mâinile, atrăgându-mi atenția asupra lor. Îl prind de încheieturi și uit să mai respir. Monturile sale sunt crăpate și pline de sânge închegat.

— Ce naiba ai făcut?

E rândul lui să ridice din umeri.

— Ce ai făcut, Alek?

— M-a scos din minți, bine? Pur și simplu m-a scos din minți și mi-am pierdut răbdarea, pentru că uneori m-am săturat ca...

Îmi iau mâinile de pe încheieturile sale de parcă atingerea pielii lui mă arde. Se oprește brusc, apoi reia:

— Nu contează. Nu i-am provocat daune permanente.

Închid ochii și strâng din dinți. Exact asta mai lipsea. Mi se formează un gol în stomac și-mi vine să mă iau la bătaie, pentru că simt nevoia să-l sun și să mă asigur că e bine. În schimb, decid să cântăresc gândul ăsta pentru o secundă și ajung la concluzia că trebuie să-l cred pe Alek pe cuvânt.

— Seth era acasă, continuă el. Am ajuns acolo înaintea lui Malakai, așa că l-am rugat să nu-l lase singur sau să-l scoată și mai tare din sărite. O să fie bine.

— Chiar crezi asta?

Alek înghite în sec.

— Nu știu, recunoaște. Sper să fie bine și știu că asta nu e de ajuns, dar nu știu ce altceva aș putea să fac. Nu știu ce altceva ai putea să faci tu, Hannah.

— Aș putea să merg...

— Ca să țipe iar la tine? mă întrerupe, sfredelindu-mă cu privirea. Deja ești epuizată și la capătul răbdării. Poate că ar fi cazul să iei o pauză în seara asta. O să aibă Seth grijă de el.

Vreau să mă împotrivesc, dar știu că are dreptate. Nu aș rezolva nimic dacă aș încerca să vorbesc cu Malakai și nici nu știu ce aș putea să îi spun. Că îmi pare rău că sunt pisăloagă? Că îmi pare rău că sunt obositoare? Că îmi pare rău că vreau să știu că respiră și că o s-o scoată la capăt cumva?

— Hannah... Nu te mai gândi la tot ce a spus, te rog.

— De-ar fi așa ușor, pufnesc.

— Știu că nu e ușor. Știu că nu o să uiți ușor, dar nici nu o să-ți faci vreun bine dacă întorci cuvintele lui pe toate părțile. Cel mai probabil, și-a pierdut controlul și nu a stat să se gândească prea mult.

— Cel mai probabil, îl aprob. Hai să te speli pe mâini. Cred că am niște dezinfectant pe undeva. Și încearcă și tu să intri pe ușă, ca oamenii normali.

— Nu mă deranjează.

Se ridică de pe pat și-mi aruncă rânjetul ăla care mă fraierește pentru o secundă.

— Te-ai gândit că poate mă deranjează pe mine?

— Nu te deranjează.

Mă ridic și eu și îi fac semn să mă urmeze spre baie. Trebuie să mă spăl și eu pe față, deși nu prea am curaj să mă privesc în oglindă. Cred că am ochii umflați, roșii și nici nu mai văd chiar atât de clar.

— Mulțumesc, îi spun, în timp ce el se spală pe mâini și eu caut un dezinfectant prin dulapuri.

— Pentru puțin. Nici nu știu ce ar trebui să spun, Hannah. Pentru că în niciun caz nu-mi pare rău că am dat în el, dar îmi pare rău că te-am târât în asta.

— Nu tu m-ai târât în asta. M-am băgat singură în asta. Și tot eu m-am agățat de el, fără să mă forțeze nimeni. Poate că are dreptate... Poate că trebuia să-mi văd de treaba mea.

— Nu vorbești serios.

Închide robinetul și-mi aruncă o privire pătrunzătoare.

— Nu, evident că nu vorbesc serios. Dar mă gândesc cum ar fi fost dacă...

Îmi unesc buzele într-o linie și mă concentrez pe căutat.

— Ar fi fost pierdut, Hannah. De mult timp.

Nu răspund. Pentru că Malakai încă e pierdut, iar eu nu l-am găsit niciodată. Nu știu dacă o s-o pot face vreodată.

— Vorbesc serios, repetă Alek, pe un ton mult mai serios.

Aș vrea să-i spun că aș vrea să-l cred, dar mi se adună din nou lacrimi în colțurile ochilor.

— Am găsit, spun cu o veselie falsă și mimez un zâmbet, ridicând dezinfectantul.

Alek pufnește, semn că nu l-am păcălit, dar nu mai insistă.

Știu că dacă nu ar fi aici, acum aș plânge până când, în cele din urmă, aș adormi. Știu că dacă nu ar fi aici, ar fi mult mai rău.

Îl las să iasă primul din baie și îmi șterg lacrimile în urma lui.

Nu mai pot să plâng pentru Malakai.

Poate că în seara asta o să iau o pauză.

Ne vedem duminică

— Trebuie să-ți amintești că ăsta e modul în care el face față realității, Hannah.

Aud vocea lui Parker destul de clar, însă uneori mi-e greu să îi înțeleg cuvintele.

— Și că pur și simplu teama lui de abandon îl împinge să taie orice legătură cu tine, continuă el, fără să aștepte vreun răspuns din partea mea. Poate să treacă de la iubire la ură într-o secundă. De fapt, îl împinge să taie orice legătură cu lumea, nu doar cu tine.

— Știu, înghit în sec, dar nodul ăla sâcâitor din gât pur și simplu nu vrea să dispară. Știu asta, dar nu înseamnă că nu mă doare. Că îi pot ignora cuvintele chiar atât de ușor și să mă prefac în continuare că totul e bine.

M-am săturat să mă mint și să-mi spun că pot să accept tot ce spune sau face Malakai. Adevărul e că nu pot și nici nu mai pot să țin în mine toate lucrurile astea. Nu am renunțat la el, dar încep să mă întreb în ce m-am băgat.

— Hannah... Uneori, singurul lucru pe care poți să-l faci e să renunți. Să accepți că ai făcut tot ce se putea și nu a fost de ajuns și crede-mă că nimeni nu o să te condamne dacă o faci. Îmi dau seama că-l iubești, dar asta nu înseamnă neapărat că tu ești fericită. Mă înțelegi? Te-a rănit și o s-o mai facă dacă nu te îndepărtezi acum și știi și tu că nu o să mai fie la fel. În ciuda tuturor lucrurilor, nu poate să retragă printr-o minune tot ce a spus, iar tu nu poți să uiți.

Nu plâng. Am încetat s-o mai fac în urmă cu câteva zile, când mi-am dat seama că Malakai nu are de gând să sune. Că nu are de gând să mă caute. Că nu are de gând să facă ceva și nu mai pot să fiu eu cea care-l caută. Care îl sună. Nu mai vreau să fiu pisăloagă și obositoare și aș putea să îl contrazic pe Parker, dar nu o fac. Undeva, în adâncul meu, știu că are dreptate, dar nu la fericirea mea mă gândesc acum.

— Poate că... poate că o să vin în vizită în weekendul viitor.

— Poți să vii oricând vrei tu.

Măcar e suficient de drăguț încât să nu mai insiste asupra subiectului pe care vreau să-l evit.

— Mulțumesc, îi repet pentru a nu știu câta oară.

— Oricând. Anna nu e acasă momentan, dar o să-i spun să te sune. E în regulă?

— Da, îl asigur și, spre surprinderea mea, nu mint.

— Ai grijă de tine, Hannah.

Mormăi ceva, apoi închid. Am nevoie de o doză de normalitate în viața mea și, în cel mai ciudat mod posibil, am parte de una ori de câte ori vorbesc cu mama. Îmi povestește despre ultimele proiecte în care s-a implicat, despre acțiunile pe care le organizează, iar eu o ascult și zâmbesc ca o idioată. Mama mereu a crezut că poate să salveze lumea - bine, poate că nu întreaga lume, dar măcar o mică parte din ea –, așa că mereu s-a implicat în proiecte umanitare. Acum că mă gândesc mai bine, poate că am moștenit ceva de la ea. Nu, nu vreau să salvez lumea. Vreau doar să-mi salvez lumea mea, iar asta înseamnă că trebuie să-l salvez pe Malakai. Chiar dacă sună penibil.

Dacă m-aș fi gândit din timp, aș fi putut să o vizitez pe mama în weekendul ăsta, dar o parte din mine vrea să rămână aici. Și nu pentru că mi-am făcut vreun plan să-i invadez din nou viața lui Malakai, ci pentru că e ziua mea și știu cât de mult ar vrea bunica să o petrec cu ea. Nu mi-a spus-o, dar nu am mai petrecut o aniversare cu ea de câțiva ani buni.

Mă ridic din pat, iau ghiozdanul pe care l-am aruncat pe jos și mă așez la birou. În ciuda tuturor lucrurilor, lumea nu s-a oprit în loc. Așa că trebuie să continui să-mi văd de școală și să mă rog să se termine odată.

— Hannah?

Vocea bunicii provine de dincolo de ușă, apoi bate. Mereu face asta. Întâi mă strigă, apoi bate. Nu înțeleg de ce.

— Intră, mă rotesc cu scaunul spre ușă și aștept.

Am încetat să mai plâng, însă ea tot mă privește îngrijorată. Nu o să răbufnesc și am asigurat-o de lucrul ăsta, dar nu știu ce altceva să mai fac ca să îi demonstrez că nu o să mă sparg. Tot așa mă privește și acum. Cu ochii mijiți, aproape suspicioasă.

— S-a întâmplat ceva?

— Ce faci?

— Mă apucam să-mi fac din teme, depun un efort să-i ofer un zâmbet.

Oftează adânc și clatină din cap. Mă simt de parcă eu am de-a face cu o adolescentă instabilă.

— Te caută un băiat, îmi spune în cele din urmă.

Îmi ridic sprâncenele. Un băiat care folosește ușa? Sigur nu e Alek și nici Malakai nu are cum să fie, altfel bunica mi-ar fi spus.

— Cine?

Bunica pare să cântărească în minte opțiunile pe care le are. Să-mi spună? Să nu-mi spună? Eu cred că oricum a luat o decizie, altfel nu ar mai fi urcat până în camera mea ca să-mi spună că mă caută cineva. Dar oricine ar fi, nu pare prea încântată. Îmi aranjez părul după ureche și aștept.

— A spus că e fratele lui Malakai.

Înghit în sec. Nu vreau nici să-mi măresc ochii, nici să clipesc des și nedumerită, dar se întâmplă oricum. Pe deasupra, încep să-mi transpire și palmele.

Malakai.

S-a întâmplat ceva cu Malakai.

– Poftim?

– A spus că e fratele lui Malakai, repetă bunica, deloc surprinsă de reacția mea.

– Ă...

Am uitat toate cuvintele.

I s-a întâmplat ceva lui Malakai.

– N-a vrut să intre. Te așteaptă afară, dacă vrei să cobori să vorbești cu el. Ciudați mai sunteți voi, mormăie în barbă înainte să se rotească și să mă lase din nou singură.

Mă ridic și primul meu instinct e să mă îndrept spre fereastră, dar nu o fac. Aș trage de timp și nu m-ar ajuta cu nimic să mă baricadez în camera mea și să-i arunc priviri pe furiș. Dar mi-e greu să înțeleg de ce e aici. Nici măcar nu știu cum arată fratele lui Malakai. În conac nu există nici măcar o singură poză cu el. Oricum, nu una pe care s-o fi văzut eu și, dacă stau să mă gândesc mai bine, nu există nici vreo poză cu părinții lor. De parcă n-ar fi existat niciodată sau de parcă Malakai ar face tot posibilul să nu își amintească de ei. Să nu-și amintească și ce a pierdut și cât de greu i-a fost. Pentru mine nu prea are logică. Până și eu am o poză cu mama, deși înainte vorbeam cu ea rar spre deloc.

Îmi adun curajul și ies din cameră. Încerc să pășesc normal, să nu ajung gâfâind la ușă, dar frica mă arde pe dinăuntru. Simt privirea bunicii ațintită asupra mea când trec pe lângă sufragerie, dar nu mă opresc. O să vreau să mă ascund pe undeva, dar vreau și să aflu de ce a venit Seth, așa că deschid ușa și ies, deși îmi tremură toată carnea pe oase. În mintea mea e haos.

Malakai.

Numai la asta mă gândesc și nu-mi pot controla nici respirația și nici bătăile inimii.

Un tip cam de înălțimea lui Malakai stă cu spatele la mine, îmbrăcat din cap până în picioare în negru și, dacă nu ar avea nuanța părului care e mult mai întunecată decât a lui Malakai, l-aș putea confunda foarte ușor cu fratele său.

— Seth? șoptesc cu teamă.

Tresare de parcă nu m-a auzit deschizând ușa și se rotește spre mine. Stau față în față cu o versiune a lui Malakai - mai în vârstă cu câțiva ani, mai neîmblânzită, cu o barbă de câteva zile și o privire mult mai întunecată, dar e acel albastru inconfundabil, închis și intens.

— Bună, Hannah.

Are mâinile în buzunarul de la blugi și pare puțin stingher. Dar nu arată de parcă s-a întâmplat ceva cu Malakai. Din contră, îmi zâmbește. Eu mă încrunt, neînțelegând de ce e bucuros să mă vadă.

— Malakai? e următorul lucru care-l întreb. S-a întâmplat ceva cu Malakai?

Urăsc panica din vocea mea.

Seth clatină din cap. Închid ochii și-mi fixez privirea asupra picioarelor care îmi tremură. O să înceteze vreodată? Toate reacțiile pe care le am atunci când vine vorba de Malakai? Grija constantă că poate i s-a întâmplat ceva?

— După reacția ta, o să îndrăznesc să spun că încă îți pasă, vocea lui mă face să-mi ridic privirea și să mă încrunt.

— Poftim?

— Scuze, continuă să-mi zâmbească. Nu cu asta trebuia să încep.

— Nu-i nimic, îl asigur.

— Deja știi motivul pentru care am venit.

— Nu, nu chiar.

Malakai în sine e un motiv, dar mă tem că trebuie să fie puțin mai explicit.

— Marta mi-a spus tot ce ai făcut pentru Malakai, oftează. Alek mi-a povestit tot ce a făcut Malakai între timp. Eu... sunt aici ca să văd ce faci...

Urmează o pauză pe care nu știu cum să o interpretez. E ciudat. Am impresia că vorbesc cu o altă versiune de-a lui Malakai, puțin mai matură și mai stabilă. Simt o durere în piept când mă gândesc că ăsta ar putea fi Malakai, dacă nu ar avea atât de multe probleme. Trec pe lângă el și mă așez pe scări. Nu vreau să mă scurg la picioarele sale. Seth mă urmează și se așază lângă mine.

– Ai venit să vezi ce fac? repet.

– Da. Știu că Malakai ți-a spus unele lucruri ultima dată când v-ați văzut și nu, nu am aflat asta de la Alek, în cazul în care te întrebi. Malakai mi le-a spus.

– Malakai ți-a spus?

Mă simt ca o idioată, repetând tot ce spune el, dar încerc să înțeleg.

– Da. Vreo două zile a trântit tot ce i-a ieșit în cale și a trebuit să stau cu ochii pe el, dar s-a calmat până la urmă.

– Și acum...

– Acum nu mai e atât de instabil.

Râd, dar e un râs amar, drept urmare a discuției ruptă din alt univers.

– Urăsc cuvântul ăsta, îi mărturisesc. Îl urăsc, pentru că e primul cuvânt care-mi trece prin minte când e vorba de Malakai. E primul cuvânt care îi trece lui Alek prin minte și e primul cuvânt la care și tu te gândești. Și-l urăsc, pentru că nu așa ar trebui să fie și nu mai știu ce naiba să fac să înceteze, știi? Să înceteze să mai fie instabil, ca să nu mai avem cuvântul ăsta în vocabularul nostru.

E atât de ușor de vorbit cu el, deși nu ne cunoaștem. Mă aștept să-mi arunce o privire care să-mi dea de înțeles că mă crede la fel de instabilă precum Malakai, însă nu o face. Își împreunează mâinile în față și oftează adânc.

— Îmi pare atât de rău că nu am fost aici, îmi mărturisește, la rândul lui. Că nu m-am întors mai repede, să-i fiu alături atunci când a avut nevoie de mine. Sunt fratele lui mai mare. Era datoria mea să am grijă de el și am dat-o dracului în bară.

— Nu, expir ușor. N-ai dat-o în bară. Important e că ești aici acum și că vrei să îl ajuți.

Își întoarce capul spre mine. Are sprâncenele ridicate ușor.

— Ai avut propriile probleme, continui. Poate că și tu ai avut nevoie de timp și de spațiu ca să faci față la tot ce s-a întâmplat, așa că nu te condamna, Seth. Nu mai contează.

Cred lucrurile astea, dar nu am putut să i le spun niciodată lui Malakai. Nu fără să mă tem că va răbufni. Nu cred că ar fi foarte înțelegător dacă i-aș lua apărarea lui Seth în fața lui.

— Am de gând să rămân o perioadă, mă asigură. O să rămân cât e nevoie ca Malakai să își revină pentru că îți jur că nu a fost întotdeauna așa, Hannah. Nici mama nu a fost niciodată în stadiul în care e Malakai.

— Îmi pare rău. Am făcut tot ce am putut. Chiar nu știu ce aș putea să mai fac și după tot ce mi-a spus ultima dată…

— Nu crede tot ce ți-a spus ultima dată, vocea lui e dură, aproape nervoasă, dar nu știu dacă pe mine sau pe Malakai.

— Știu și eu asta. Chiar știu.

— E prea încăpățânat ca să vină la tine momentan, dar știu că duminică e ziua ta și trebuia să-l însoțești la strângerea de fonduri a Ameliei.

Încuviințez și încep să-mi frământ degetele. Încep să-mi dau seama unde vrea să ajungă cu asta.

— Nu cred că e o idee bună să vin, îi spun înainte să-și ducă ideile la capăt. Nu cred că Malakai ar fi încântat să mă vadă acolo.

— Ba da, ar fi. Doar că nu vrea să recunoască faptul că are nevoie de tine. Sau de mine, dacă are vreo importanță. L-am abandonat. Părinții noștri au murit. Are impresia că o să se ferească de toată suferința prin care a trecut dacă pur și simplu îi ține pe toți la distanță.

— Și crezi că o să vorbească pur și simplu cu mine?

— Sunt sigur că o să vorbească cu tine, rânjește sigur pe el și îi zâmbesc la rândul meu, deși îmi vine să plâng.

Zâmbetul lui e prea asemănător cu al lui Malakai.

Așa ar putea fi Malakai. Ăsta ar putea fi. Dar s-a înșelat. Nu l-aș iubi mai mult dacă ar fi așa. Nu-l iubesc pentru că în mintea mea mi-am format o fantezie despre cine ar putea să fie în lipsa tuturor problemelor pe care le are. Îl iubesc pentru cine e. Așa cum e.

— Am încercat atât de tare, îi spun cu lacrimi în ochi.

— Știu, Hannah. Ai încercat să faci tot ce ar fi trebuit să fac eu. Ai fost alături de el mai mult decât oricare dintre noi în ultima perioadă. Marta îl iubește, dar câteodată Malakai e pur și simplu prea mult pentru ea.

— Mi-am dat și eu seama de asta.

Acum mă gândesc cu tristețe la momentele în care am fost furioasă pe ea.

— O să vii? mă întreabă cu speranță în glas.

— O să vin, cedez. Dar nu am nicio așteptare și nici tu nu cred că ar trebui să ai. Dacă lucrurile ies prost, Seth... Promite-mi că n-o să pleci. Promite-mi că o să faci tot ce poți pentru el, pentru că, Doamne, are nevoie de tine.

— Îți promit.

Se ridică și se șterge de praf. Mă ridic și eu și încerc să-mi stăpânesc lacrimile.

— Ne vedem duminică. Îți mulțumesc că ai vorbit cu mine, Hannah.

Drept răspuns, oftez.

Seth mă priveşte intens pentru câteva secunde, cu recunoştinţă, apoi face un lucru care mă ia prin surprindere. Mă îmbrăţişează şi mă ţine aşa vreme îndelungată, încercând parcă să-mi mulţumească pentru tot ce am făcut atunci când el nu a fost aici ca s-o facă. Îi răspund la îmbrăţişare şi, fără să vreau, zâmbesc recunoscătoare că e aici.

După ce pleacă, mai rămân câteva secunde în faţa casei, apoi intru.

Ne vedem duminică.

Atâta timp cât depinde de mine

Port o rochie ridicolă - mama ar fi mândră dacă m-ar vedea acum, sunt la brațul afurisitului de Alek și mă simt oricum, numai la locul meu nu. I-am promis lui Seth că voi fi aici și m-am ținut de cuvânt, dar acum mă gândesc că poate trebuia să-mi cântăresc opțiunile mai mult înainte să-i dau un răspuns. Alek n-a acceptat sub nicio formă să mă lase să vin singură și până acum ziua a decurs bine, dar Malakai nu e aici și nu văd rostul prezenței mele.

Bunica mi-a făcut tort și am petrecut cu ea întreaga dimineață, uitându-ne prin albumele cu fotografii. Când Alek și-a făcut apariția după masă, eram deja într-o stare nostalgică și plângăcioasă, dar n-a părut să îl deranjeze. M-a obligat să ies la o pizza și am primit cadou un teanc de cărți. Dacă Malakai a pus mâna pe lista cu lucrurile pe care îmi doream să le fac înainte să mor, se pare că Alek a pus mâna pe lista cu cărțile pe care vreau să le citesc și a început să le taie de pe listă, deși habar n-am de unde a știut ce îmi doresc și nu vrea să îmi spună. Poate că a ghicit.

Strângerea de fonduri are loc la Muzeul de Artă și asta m-a ținut ocupată până acum. M-am uitat la tablouri, deși nu sunt în măsură să-mi dau cu părerea.

— Asta a fost o idee proastă, îi șoptesc lui Alek pe un ton iritat.

Își rotește capul spre mine și îmi aruncă un zâmbet zeflemitor.

— Ăsta e momentul în care spun *ți-am spus eu?*

Îmi dau ochii peste cap. Mi-a spus, într-adevăr. Mi-a spus că e o idee proastă și că ar trebui să aștept ca Malakai să revină cu picioarele pe pământ, dar cine știe cât ar fi durat asta.

— Dacă te face să te simți mai bine, poți să te gândești că te-am scos la o întâlnire de ziua ta, nu că alergi după Malakai.

Mă încrunt și scrâșnesc din dinți.

— Nu m-ai scos la o întâlnire, pufnesc. Și nu alerg după Malakai.

— Vrei să te scot la o întâlnire, Hannah?

Îl privesc derutată.

— Nu, nu vreau, spun cu jumătate de gură.

Mă simt vinovată că mă întreb cum ar fi fost dacă, în loc să mă îndrăgostesc de Malakai, m-aș fi îndrăgostit de Alek. Dacă l-aș fi cunoscut înaintea lui Malakai. N-am putut să-l ignor în acea seară în care a apărut la geamul meu și nu pot să-l ignor nici acum. Pentru că nu sunt oarbă și motivul pentru care am tras de timp și am înconjurat muzeul de câteva ori, uitându-mă la artă pe care n-o înțeleg, a fost ca să îl evit pe Alek. Mă face să mă simt vinovată ori de câte ori mă privește, ori de câte ori îmi zâmbește sau face câte o sugestie de genul celei pe care tocmai a făcut-o. Încerc să nu stărui cu privirea la tatuajul lăsat la vedere de mâneca suflecată de la cămașa neagră pe care o are și să nu-i privesc degetele lungi încărcate cu inele, pe care le tot rotește obsesiv. Încerc să nu-i studiez fiecare expresie și culoarea ochilor, care în seara asta bate în verde.

— Te gândești serios la asta, nu-i așa?

Îmi retrag mâna de la brațul său și fac un pas în lateral, încercând să pun o oarecare distanță între noi.

— Nu, nu mă gândesc la asta.

Ca să pună și mai multe paie pe foc, începe să se joace cu cercelul din limbă, amintindu-mi de existența lui. Înghit în sec și-mi mut privirea în altă parte, ceea ce-l face să râdă.

— Haide, Hannah. E vorba de mine, la urma urmei. Ar fi dubios dacă nu ai vrea să ieși cu mine la o întâlnire.

Pufnesc iritată pe nări și îmi încrucișez brațele la piept într-o poziție defensivă.

— Vai, Narcis. Mă bucur că nu e nimic în neregulă cu mine.

— Deci, vrei să ieși cu mine.

— Nu asta am spus, mă răstesc la el.

— Ușurel, Hannah, face un pas spre mine. Nu te judec. Știu că îl iubești pe Malakai, vocea lui e serioasă și nici măcar nu mai zâmbește, dar mai știu și că e greu. Nu-i nimic anormal să te întrebi cum ar fi fost dacă...

— Asta nu mă face să mă simt mai puțin vinovată, îl întrerup.

Îmi dă o șuviță de păr după ureche și-mi oferă un zâmbet cald. E unul din acele zâmbete pe care le văd rar la el. Alek s-ar putea să fie un actor mai bun decât Malakai. Mereu se eschivează când îl întreb cum e cu adevărat. Ce face? Ce simte? Doar rânjește sau mă expediază, schimbând subiectul.

— Sunt bine, Hannah. Nu mă mai analiza.

— Sigur?

— Da. Vrei să te sărut?

O face din nou. Schimbă subiectul, aducând în discuție ceva care o să mă ia prin surprindere și nu o să-mi mai amintesc despre ce vorbeam.

— Mulțumesc pentru ofertă, Alek, dar mă tem că o să te refuz.

— Știam, râde. Dar erai prea încordată. Ar trebui să îl suni sau să faci ceva, pentru că mă simt de parcă stau lângă o bombă cu ceas.

— Și ce să-i spun? N-am mai vorbit cu el de vreo săptămână... Ce naiba ar trebui să îi spun?

— Nu știu... Că ți-e dor de el?

— Ai uitat toate lucrurile pe care mi le-a spus?

Clatină din cap.

— Nu, n-am uitat. Dar cred că e timpul să vorbești cu el.

— Nu știu, zău, dacă există timpul potrivit ca să vorbesc cu Malakai.

— Amintește-mi de ce am venit aici, se joacă din nou cu piercingul din limbă, dar de data asta nu o face conștient. E doar un alt tic de-al său.

Ridic din umeri.

— Seara asta devine plictisitoare. Mă așteptam la o scenă scoasă din romanele lui Nicholas Sparks și tu îmi spui că o să stăm aici fără să facem nimic toată seara?

Nu mă pot abține să nu izbucnesc în râs.

— De unde naiba știi tu de Nicholas Sparks?

Se încruntă.

— Toată lumea știe de Nicholas Sparks, Hannah. E calea spre inima oricărei fete. Vrei s-o cucerești? Îi propui să vă uitați la *Jurnalul* sau la filmul ăla în care ea moare la final, apoi îți plânge în brațe și... Stai... este vreo carte în care nu moare nimeni? Că eu nu-mi amintesc de vreun film...

— Alek, îl întrerup și îmi acopăr gura cu mâna, încercând să nu fac o criză de râs. O să-l sun, bine? continui când mă opresc din râs, cu lacrimi în ochi. Numai nu mai vorbi despre Sparks. O să-i dau mesaj, rectific.

— Minunat.

Seamănă cu motanul Cheshire în momentul ăsta și iar încep să râd.

— Știi ce? O să merg să-mi pun în aplicare licența în Sparks. Sună-mă dacă ai nevoie de ceva.

— Alek!

Îmi strâng mâinile în pumni, frustrată. Nici măcar nu privește în urma lui. Mă pregătesc să scot singurul lucru pe care l-am pus în poșeta asta minusculă pe lângă chei - telefonul. Încă nu cred că am curaj să-i dau un mesaj lui Malakai, dar mă simt stingheră și trebuie să-mi găsesc ceva de făcut.

— Anna...

Stomacul îmi ajunge în gât într-o fracțiune. Sunt obișnuită cu vocea aspră, joasă și ușor tăioasă, dar asta nu înseamnă că nu mă ia prin surprindere. Expir cât de încet pot și încerc să nu mă panichez. Malakai face un pas în față și ajunge în laterala mea, atât de aproape, încât umărul gol mi se atinge de brațul lui.

Îmi rotesc capul spre el.

— Știu că sunt ultima persoană pe care vrei să o vezi, îmi spune cu privirea fixată în față, asupra mulțimii, deși nu cred că privește în vreun punct anume.

Îmi încleștez maxilarul atât de tare că mă doare. Nu m-am gândit la ce o să-i spun. O săptămână întreagă, nu m-am putut gândi decât la faptul că el nu vrea să mă vadă și la cuvintele pe care mi le-a spus. Apoi, Seth a apărut la ușa mea și nici măcar nu a trebuit să se străduiască să mă convingă să vin să vorbesc cu Malakai. Și e aici, iar eu nu pot să scot niciun cuvânt. Îl văd așa cum e el și continui să-l iubesc. Poate că e ceva în neregulă cu mine.

Își trece o mână prin păr, apoi o bagă în buzunarul de la jeanși.

— Îmi pare rău că Seth a trecut pe la tine. Știu că vrea doar să mă ajute, dar nu trebuia să te bată la cap să-mi sari în ajutor încă o dată.

— Nu vreau să-ți irosesc timpul.

Nu știu de ce naiba îi spun asta. Am un diavol pe umăr care mă împinge să încep discuția asta cu stângul.

— Poftim?

E nevoit să-și încline capul ca să mă privească în ochi. Îi înfrunt privirea, sfidătoare. Ar trebui să-i menajez sentimentele. Să am grijă la tot ce spun, dar am obosit să mai fac asta. Pur și simplu nu mai pot și nu-mi pasă dacă o să-mi frângă ce mi-a mai rămas din inimă, n-am de gând să fiu drăguță doar pentru că-l iubesc. O să-mi asum riscul și o să suport consecințele.

— Nu vreau să-ți irosesc timpul, îi repet. Așa că dacă ai ceva de spus, spune. O să tac, ca să nu-ți dau impresia că sunt obositoare și pisăloagă și o să te ascult.

— Anna...

Îmi arcuiesc o sprânceană, așteptând.

— Spune ce ai de spus, Malakai.

Buzele i se ridică ușor și formează un zâmbet vag.

— Spun lucruri pe care nu le cred cu adevărat. Destul de des.

— Asta nu e o noutate și în niciun caz nu e o scuză.

— Știu.

Încerc să nu mă las distrasă, dar e din ce în ce mai greu. Devin conștientă de parfumul lui, de porțiunea de piele care se atinge de el, de postura lui dreaptă și de faptul că îi stă indecent de bine în cămașă.

— Știu că nu e o scuză și că nici măcar o explicație bună nu e, dar... când nu mai știi cine are de gând să rămână în viața ta și cine are de gând să te părăsească, preferi să îi îndepărtezi pe toți. Ai impresia că o inimă care a fost deja frântă nu se mai poate sfărâma, că nu mai are de unde, dar nu e adevărat. Și tot ce simt mă doare și mă înnebunește. Nu cred că ai cum să înțelegi.

Mereu face asta. Mereu spune lucruri care mă fac să vreau să-l strâng în brațe și să nu-i mai dau drumul vreodată, dar nu pot face asta. Nu pot încă să uit tot ce mi-a spus, chiar dacă nu crede în propriile cuvinte.

— Îmi pare rău, Hannah.

Mereu face asta. Mereu e distant și morocănos, dar expresia îi devine mai puțin serioasă atunci când se uită la mine și-mi zâmbește în modul ăla în care doar el poate, dulce, amar și trist și vreau din nou să-l iau în brațe.

— Pentru?

Reușesc să nu mă apropii de el.

— Pentru că sunt cine sunt, ridică din umeri. Pentru că te rănesc, apoi îmi cer scuze, apoi te rănesc din nou. Nu meriți asta.

— Ai dreptate, îl aprob. Probabil că nu merit asta. Dar nimeni n-ar trebui să-și ceară scuze pentru cine e, Malakai. Ai fost rănit, ai fost abandonat și ai renunțat la un moment dat.

Își înclină capul. E atât de ușor să vorbesc cu el, de parcă-l cunosc de o viață întreagă și cumva urăsc senzația asta, pentru că nu așa decurgea conversația asta în mintea mea. Nu atât de simplu.

— Dar m-ai făcut să vreau să-mi revin, Hannah. Pentru că meriți mai mult și pentru că am obosit să mai fiu așa, când cald, când rece. Azi sunt normal și mâine o iau razna.

Nu o să plâng. În niciun caz nu o să plâng.

— Mi-a fost dor de tine, zâmbeşte. De Hannah care nu e de acord cu tot ce spun şi care mă înjură din când în când.

— Crede-mă, nu eşti pregătit pentru înjurăturile pe care ţi le-am pregătit.

— Nu, probabil că nu. Dar crezi că...

Aş fi de acord cu tot ce mi-ar spune. Pentru că Malakai habar nu are cum e pentru mine să fiu îndrăgostită de el. Ca într-un roller coaster care se poate opri în orice secundă atunci când eşti cu capul în jos. Nu ştie că uneori simt că-mi pierd minţile. Câteva minute petrecute alături de el şi deja sunt în stare să uit şi să iert tot ce mi-a spus vreodată, dar el nu ştie asta.

— Cred că...

— Suntem prieteni, Hannah?

Întrebarea lui mă lasă confuză şi trebuie să mă gândesc la ce vrea să spună, dar da, cred că, înainte de toate, suntem prieteni.

— Da, Malakai. Suntem prieteni. De ce?

Îşi trece o mână prin păr.

— Şi crezi că am putea să fim prieteni în continuare, dacă... nu ştiu... crezi că vrei să ne vedem din când în când, chiar dacă începi să te vezi cu altcineva?

— Despre ce vorbești?

— Sunt conștient că nu mă poți ierta pentru tot ce am spus, dar nu pot să te pierd. Nu știu ce ar trebui să fac, dar mă gândeam că poate am putea să rămânem prieteni.

L-aș întreba dacă a luat-o razna, dar sunt sigură că nu ar aprecia întrebarea.

— Încerci să te desparți de mine, Kai? Pentru că nu înțeleg.

Cred că i-am transmis toată confuzia pe care am simțit-o în urmă cu un minut. Acum mă privește încruntat și mai că-i pot văd gândurile roindu-i prin minte.

— Credeam că...

Face o pauză. Credea că m-am despărțit de el în seara aia și nu pot să spun că n-ar avea dreptate, dar cred că tocmai m-am împăcat cu el în secunda în care a apărut lângă mine, deși nu mi-am dat seama de asta. Să rămânem prieteni chiar dacă încep să mă văd cu altcineva? O, Doamne!

— Sărută-mă și taci.

Pentru o fracțiune de secundă, cât se apleacă spre mine, rânjește și e suficient să-mi facă genunchii să înceapă să tremure și să mă panichez că o să mă fac una cu podeaua. Își scoate mâna din buzunar și o strecoară în părul meu, oprindu-se pe ceafă. Cealaltă e deja înconjurată după mine și mă lipește de el. Nu m-am obișnuit cu asta și nu cred că o s-o fac vreodată - cu ritmul lent în care mă sărută îndelung înainte să-și strecoare limba în gura mea. Mă ține sub vraja lui și mi-e greu să mă mai gândesc la orice altceva, dar îmi dau seama unde ne aflăm și mă îndepărtez cu respirația întretăiată și oasele făcute terci.

Îmi sprijin fruntea de pieptul lui și îi inspir parfumul.

— Ți-am făcut ceva, îmi șoptește cu buzele lipite de părul meu.

Îmi dau capul pe spate și-l privesc surprinsă.

— Mi-ai făcut ceva?

— Credeai că am uitat? își arcuiește o sprânceană.

— Ce să uiți?

— Amuzant, n-am ce spune. Dar o să-ți primești cadoul mai târziu.

— Cred că deja mi-am primit cadoul, Malakai.

— Bine că mi-ai amintit...

Își retrage mâna de pe spatele meu și imediat simt lipsa căldurii. Scoate o foaie din buzunarul de la spate al blugilor și mi-o flutură prin față.

— Ce-i asta?

Mă dau un pas în spate. Simt un gol ciudat în stomac și mă panichez și mai rău când nu pot descifra expresia lui.

Despăturește foaia și o ține la nivelul feței mele, ca să pot citi ce scrie pe ea. Sunt trecute niște date și ore.

— E programul meu de la terapie, Anna. Nu te panica.

Îi smulg foaia din mână și o mototolesc, clătinând frenetic din cap.

— Nu, spun cât de clar pot.

— Nu e cum crezi tu, mă prinde de umeri, aducându-mă cu picioarele pe pământ. Am înțeles de ce voiai să faci asta, așa că dacă asta îți dorești...

Îl privesc cu neîncredere.

— Am înțeles, mă asigură el. Voiai doar să poți să fii în stare să te descurci cu mine și nu e nimic rău în asta, Hannah. Ai crezut că ți-ar fi mai ușor să înțelegi ce-i în mintea mea.

— Malakai... n-am nevoie să merg la terapie ca să fiu în stare să mă descurc cu tine, îi spun printre dinți, încercând să nu mă enervez.

— Poate că nu, își retrage palmele și le ridică defensiv. Doar că deja mi-e rușine de toată povestea asta, pufnește. De terapie, de nebunie, de totul.

— Kai, șoptesc. Nu ai absolut niciun motiv să...

— Hannah, mă întrerupe, îmi pare rău pentru tot ce-am spus. Nu ești pisăloagă și nu ești nici obositoare. Ești singura persoană de care am nevoie. Pentru că în tot haosul din mintea mea, nu mai văd pe nimeni altcineva. Dar te văd pe tine. Și te iubesc atât de mult, încât uneori mă sperie gândul că într-o zi o să dispari și o să rămână din nou doar haosul.

Inima mea a luat-o razna. Îmi vâjâie sângele prin urechi.

— Nu plec nicăieri.

Îl prind de mâini și mă ridic pe vârfuri ca să-l sărut.

— Nici nu mă gândesc neapărat că o să pleci, își lipește fruntea de a mea și îi simt respirația fierbinte pe față. Adică nu mă gândesc că m-ai părăsi, deși Dumnezeu știe că ai absolut toate motivele să vrei să faci asta. Dar după ce s-a întâmplat cu părinții mei...

Îmi ridic mâna și îmi trec degetele prin părul lui.

— Știu, închid ochii și oftez poate mai tare decât el.

Nu pot să-l mint și să-i spun că nu o să dispar, pentru că nu am de unde să știu ce o să mi se întâmple.

— Dar atâta timp cât depinde de mine, nu plec nicăieri, îl asigur.

Mă sărută pe frunte și simt un fior plecându-mi de pe șira spinării până în vârful degetelor de la picioare.

— E cea mai deprimantă zi de naștere, nu?

Îmi deschid ochii și clatin din cap.

— Nu, Kai. E cea mai bună zi de naștere.

— Vii să-ți dau cealaltă parte din cadou?

Mormăi.

— Nu mă implică pe mine dezbrăcat, dacă la asta te gândești, îmi șoptește în ureche.

— Știi ce? E cea mai deprimată zi de naștere.

Râde și mă prinde de mână.

— Dar presupun că pot să mă sacrific, îmi zice gânditor.

Îi trag un pumn în umăr, apoi îl urmez fără să întreb unde mergem. Nu știu de ce îl iert mereu atât de ușor. Poate că sunt fraieră. Poate pentru că-mi dau seama că e mai important să petrec timp cu el decât plângând și cu inima frântă. Poate pentru că vreau să-mi amintesc mai degrabă de toate momentele frumoase decât de cuvintele lui tăioase.

Și îmi dau seama că relația asta nu e deloc așa cum ar trebui să fie. Chiar îmi dau seama de asta - că s-ar putea să fie toxică și că o să-mi frângă inima din nou –, dar încă n-am învățat cum să-i spun *nu*.

Să plâng, să nu mai simt, să uit, să dispar, să mor

— Credeam că asta nu făcea parte din cadou, zâmbesc, cu bărbia sprijinită de pieptul lui gol.

Malakai trasează linii de-a lungul spatelui meu și mă privește leneș.

— Păreai să vrei mai mult asta decât cadoul, așa că…

— Nu fi nesimțit, încerc să fiu cât de serioasă pot, dar e greu când privirea lui mă studiază atent.

— Mă tem că asta nu e opțiune, Anna. Ar trebui să știi mai bine.

Îmi dau ochii peste cap.

— Unde mi-e cadoul?

— Acum? Serios? Îl vrei acum?

Dacă mă gândesc mai bine, prefer să mai stau în brațele lui câteva clipe. Prefer să mai stau aici câteva clipe și să pretind că sunt fericită, așa cum ar trebui să fiu, dar de fiecare dată când îl privesc, gaura aia din pieptul meu se adâncește și mă tem că o să mă înghită. Încerc să-l ajut – asta am făcut încă de când l-am cunoscut –, dar mă distrug pe mine. Pentru că Malakai acum e bine și îmi zâmbește, dar nu pot uita cine e cu adevărat. Și știu că nu e vina lui. Știu că face tot ce poate. Știu asta.

Îl iubesc prea mult. Îmi pasă prea mult. Pentru mine, momentele astea mici contează și știu că o să le prețuiesc toată viața, dar el o să le uite data următoare, când ajunge din nou la limită și nu o să mai conteze. O să mă facă să mă simt din nou neimportantă și obositoare.

Nu știu ce aș putea să mai fac pentru el. Am făcut tot ce se putea și am sacrificat atât de multe. M-am sacrificat pe mine și m-am transformat într-o persoană cu totul și cu totul diferită, doar ca să mă pot acomoda, și uneori tot nu e de ajuns. Acum poate că e, dar pentru cât timp?

— Da, răspund când cuta dintre sprâncenele lui se tot adâncește. Dacă nu cumva m-ai amăgit.

Reușesc să zâmbesc și mă întreb ce naiba e în neregulă cu mine de mă gândesc la toate lucrurile astea tocmai acum, când Malakai e bine.

Se ridică din pat și își trage jeanșii pe el. Mă ridic și eu și mă îmbrac, simțind aerul din ce în ce mai sufocant. Mă încalț și rămân în picioare, de parcă mă pregătesc s-o iau la fugă.

Ce naiba e în neregulă cu mine?

Îmi aruncă o privire întrebătoare peste umăr, dar nu-mi adresează nicio întrebare și cumva răsuflu uşurată. În niciun caz nu pot să-i spun ce-mi trece prin minte acum.

Oare o iau razna?

Se îndreaptă spre colţul camerei şi deschide un sertar de la comodă. Scoate o cutie ambalată în hârtie albastră cu buline albe, atipică pentru el, şi cu o fundă imensă. Nu mai zâmbeşte când păşeşte spre mine.

— Aş prefera să nu o desfaci acum, îmi spune, întinzând cutia spre mine.

— De ce?

Se aşază pe pat, cu coatele sprijinite pe genunchi şi mâinile împreunate în faţă. Nu mă priveşte. Îl privesc îngrijorată şi, cumva, o parte din mine deja se pregăteşte pentru ce o să urmeze. L-am mai văzut de prea multe ori în ipostaza asta, ca să nu-mi dau seama că tocmai s-a pierdut. Că l-am pierdut. Din senin. Tipic Malakai.

— Kai?

Îşi ridică privirea. Nu-mi place zâmbetul lui zeflemitor care i se formează pe buze de nicăieri.

— Ai făcut-o pentru bani, Anna?

Mă încrunt, nedumerită.

— Poftim?

— Chiar m-ai păcălit, să ştii. Toate lunile astea, pufneşte şi se ridică dintr-odată, dând cu piciorul în măsuţa de sticlă din apropierea patului.

Zboară și se face țăndări când aterizează pe podea. Tresar și mă dau câțiva pași în spate, calculând distanța dintre mine, Malakai și ușă.

– Despre ce vorbești? vocea îmi tremură în ultimul hal.

Toate lucrurile de pe birou zac acum pe jos. Un pahar se sparge. Îmi aud ritmul nebun al inimii în cel mai neplăcut cântec. Nu știu dacă să stau și să încerc să-l calmez sau să alerg spre ieșire.

– Despre ce vorbesc? Despre bani, Hannah, accentuează, de parcă asta m-ar face să înțeleg despre ce naiba vorbește.

Dar nu înțeleg. Habar nu am. Mai fac un pas în spate. Deși nu sunt o ființă prea rațională, până și eu înțeleg că nu mai pot rămâne aici pentru mult timp. Malakai îmi aruncă cea mai ucigătoare privire pe care am văzut-o vreodată la el și, în secunda următoare, se rotește spre raftul din spatele lui și ia unul dintre trofeele pe care le are acolo. Din fericire pentru mine și din păcate pentru el, zboară la câțiva centimetri de urechea mea. Sau poate că n-a intenționat să mă lovească. Nu încă. Doar se joacă, deși nu-i nevoie. Își trece o mână prin păr, nervos, apoi îmi aruncă din nou zâmbetul ăla de om nebun. Îmi tremură mâinile atât de tare, încât scap cutia și mă întreb serios dacă aia nu cumva era singura mea armă. Trebuie să ies de aici. N-am timp să stau să analizez situația, pentru că ar fi timp pierdut, oricum. Acum cinci minute îmi zâmbea, iar acum aruncă lucruri în direcția mea. Ce naiba se întâmplă?

— Niciodată n-am crezut că ești o actriță bună, dar se pare că m-am înșelat. Ești cea mai bună, Hannah! Te-ai prefăcut atât de bine toate lunile astea, iar în seara asta… Râde ironic și face o pauză, apoi reia: Credeam că în seara asta o să îi pui capăt. Că ai o limită peste care n-ai de gând să treci pentru bani, dar ghici ce? M-am înșelat încă o dată. Am venit acolo să-mi cer scuze, gândindu-mă că nu vrei să mă asculți, dar am înțeles de ce ai făcut-o. Mi-a explicat Amelia.

— Despre ce naiba vorbești? țip la el, incapabilă să-mi mai pot controla vreo reacție.

Din fericire, s-a oprit din a mai arunca cu lucruri spre mine.

— În seara asta, înainte să plecăm, când m-am dus să-l caut pe Seth, m-am întâlnit cu Amelia.

Urmează o pauză. A dispărut zece minute înainte să plecăm, dar am crezut că s-a oprit să vorbească cu fratele lui și în niciun caz nu părea nimic schimbat la el când s-a întors. A continuat să îmi zâmbească. A continuat să mă țină de mână. Mi-a zâmbit de parcă totul era bine. Aparent, nimic nu era bine.

— Mi-a spus de banii pe care ți i-a tot transferat ca să stai cu mine.

Îmi dau seama că e atât de departe acum, încât nimic din ce aș spune nu ar mai conta pentru el. Nu m-ar auzi și, chiar dacă ar face-o, nu cred că ar conta. Malakai deja a hotărât care e adevărul și, deși eu habar nu am despre ce vorbește și nu știu nimic despre niciun ban, nu are rost să încerc să-i explic. S-ar putea doar să pun paie pe foc. Simt nevoia să țip la el, să îi spun că e nebun, dar e deja distrus, iar asta nu ar face decât să-l împingă cu totul peste prăpastie.

— Presupun că, într-un final, totul se rezumă la bani, râde sec. În jurul lor se învârte totul.

Se rotește de nebun prin cameră. Nu încerc să-l opresc.

— Și mi-am dat seama după modul în care te-ai uitat la mine adineauri că n-o să renunți, deși ți-e groază de mine uneori. Că nu mai vrei și nu mai poți să fii în preajma mea, dar că n-ai de gând să renunți prea curând. Așa că o să fac lucrurile mai simple pentru tine, Anna. Du-te dracului și nu te mai întoarce niciodată! Lasă-mă în pace! Dispari!

Îmi strâng mâinile în pumni, încercând să le opresc tremuratul, deși nu asta e problema. Tremur din toate încheieturile și n-am crezut niciodată că Malakai ar fi capabil să mă rănească fizic, dar încep să mă îndoiesc de asta. Nu-l recunosc. Nu știu ce versiune de-a lui e asta și mă îngrozește. Pare furios, scos din sărite și, cel mai rău lucru dintre toate, pare rănit. I-am frânt inima sau cel puțin asta e impresia lui și nu știu de ce, ca să pot să am o șansă să îndrept lucrurile.

— Nu știu despre ce vorbești, încerc să par sigură pe mine, dar vocea mea e doar o șoaptă.

— Despre slujba pe care ți-ai luat-o anul ăsta, îmi răspunde, pentru că, totuși, m-a auzit. Amelia te-a plătit ca să mă suporți. Să stai cu mine după accident, atunci când nu voiam să mă întorc la școală. Nu știu de ce dracu' a făcut asta, pentru că în niciun caz nu-mi vrea binele. Poate doar a știut că o să mă îndrăgostesc ca un prost de tine și că asta o să mă distrugă mai tare decât ar putea cuvintele ei s-o facă vreodată.

Lacrimile îmi curg șiroaie pe față și nu încerc nici să le opresc, nici să le șterg.

A existat un punct de întoarcere. Întotdeauna. Deși nu l-am văzut mereu, știam că era acolo. Dar acum sunt sigură că nu mai există așa ceva. Malakai nu o să poată să treacă niciodată peste asta.

— Știu că nu mă crezi, dar nu știu despre ce bani vorbești. N-am luat niciun ban de la nimeni din familia ta și în niciun caz ca să stau cu...

— Taci! țipă la mine brusc, iar țipătul îi e urmat de un pumn în perete.

Fac un pas în lateral. Apoi încă unul.

— Trebuie să te calmezi, încerc să vorbesc cu el, deși nu-și are rostul.

— Îmi doresc să nu te fi cunoscut vreodată.

Mai urmează un pumn.

— Îmi doresc să dispari.

Încă unul.

— Să nu te mai văd, continuă.

Am atât de multe lucruri pe care vreau să i le spun, dar nu o fac. Continui să-l privesc cu ochi mari, întrebându-mă dacă persoana din fața mea e într-adevăr Malakai sau mi-a scăpat ceva din vedere. Undeva, în adâncul meu, știu adevărul, dar refuz să îl cred. Își folosește toate armele împotriva mea și are o singură intenție - să mă rănească. Să mă facă să simt tot ce simte el acum. Și nici măcar eu nu sunt atât de proastă, încât să mă mint în continuare, să îmi spun că o să își revină, că o să ne comportăm de parcă nu s-ar fi întâmplat nimic, că o să pot să îl iubesc în continuare. Nici măcar nu mai știu ce sau pe cine am iubit.

— Atunci de ce m-ai mai adus aici? De ce ai continuat să mă săruți și să-mi zâmbești? îl întreb cu nasul înfundat și ochii în ceață.

— Pentru că am vrut să te sărut, să te prefaci că îți pasă și să-mi zâmbești înainte să ieși din viața mea. Pentru că așa aș vrea să-mi amintesc de tine, nu ca de ipocrita care m-a mințit luni întregi și a primit bani ca să stea cu mine.

Plânsul meu se transformă într-unul zgomotos, suspin și îmi curge nasul. Nu-l mai văd și nu-mi mai pasă de nimic. Vreau să mor. Vreau să dispar.

Îmi doresc ca Malakai să fie un om normal. Nu mi-am dorit niciodată să fie altcineva, dar acum o fac. Îmi doresc să fie un om care să mă asculte. Căruia să-i pot explica și că nu știu despre ce vorbește, și că trebuie să fie o greşeală. Că e o neînţelegere. Că nu aş face asta niciodată şi că ar trebui să mă cunoască suficient de încât să ştie asta. Dar Malakai nu mă mai vede acum. Vede doar ce vrea şi poate că tulburarea de care suferă deja a decis în locul lui.

Nu mai e nimic de adăugat, dar, mă trezesc vorbind:

– N-am luat niciun ban, îi repet. Te iubesc și m-am pierdut pe mine încercând să te aduc pe tine înapoi, Kai. Și sper să îți dai seama de asta într-o zi - că aş fi făcut orice pentru tine. Că oricât de greu ar fi fost, n-aş fi renunțat niciodată la tine. La noi. Și sper să lupți și să îți revii cât de cât. Să fii fericit și să îți dai seama că unii oameni rămân alături de tine pentru că așa vor ei. Îmi doresc să lupți pentru tine măcar un sfert din cât am făcut-o eu, Malakai.

M-am bâlbâit și am făcut o mulțime de pauze, dar măcar mi-am dus gândurile până la capăt. Ies din cameră fără să-l mai privesc, iar el nu face nimic să mă oprească. Trebuie să ies de aici înainte să mai arunce în mine - cu insulte, cu lucruri. Nu așa vreau să mi-l amintesc. Alerg pe scări, mă împiedic, cad și mă ridic, apoi alerg în continuare. Îmi consum ultima fărâmă de energie ca să plec cât mai departe. Îmi iau geanta din hol și-mi caut telefonul. Nu știu pe cine ar trebui să sun. Nu știu dacă Marta era la conac. Nu am numărul lui Seth. Din fericire, nici nu am nevoie de el. În timp ce cobor scările, mă izbesc de el.

– Hannah? Ce s-a întâmplat?

— Nu-l lăsa singur, îl rog printre lacrimi, apoi încep să alerg din nou.

Îl aud strigând în urma mea, dar nu mă opresc. Aproape de poartă, îmi scot pantofii ca să pot să alerg cât mă țin picioarele.

Am încercat să mă pregătesc pentru momentul ăsta, dar cum naiba te poți pregăti pentru așa ceva?

Știam că e instabil.

Știam că putea să se răzgândească în orice moment.

Știam că o să-mi frângă inima.

Știam că se poate încheia în orice moment.

Doar că am refuzat să văd asta. Am sperat că îl pot ajuta. Că îl pot salva.

Acum știu un singur lucru - că sunt o idioată.

Una cu un gol în loc de inimă. Și-mi doresc să plâng, să nu mai simt, să uit, să dispar, să mor.

Renunț. Oficial, renunț. Nu mai încerc și nu mai lupt pentru Malakai. Pentru noi.

Momentan, nu sunt sigură că mai vreau să lupt nici măcar pentru mine.

N-am încercat niciodată să-mi protejez inima. N-am pus niciun scut în jurul ei și acum aș vrea să o pot scoate de la locul ei și să nu mă mai doară.

— Hannah!

O fi vocea inimii mele, care-mi spune că nu mai poate sau că nu mai vrea să bată?

— Hannah!

Nu vreau să-i răspund. Nu am nicio scuză. Nu-i pot explica de ce i-am provocat toată suferința asta.

— Iisuse, Hannah!

Mă strânge la piept, mă învăluie în căldură și nu-mi mai dă drumul. Îmi vine să strig, să înceteze. Nu pot să suport atât de multă durere.

— Ce ți-a făcut?

E vocea aia caldă, preocupată. Își trece mâna prin părul meu și strânsoarea se întărește în jurul meu. E prea multă căldură. Nu o merit.

Clatin disperată din cap.

— Liniștește-te.

Pufnesc ironic și continui să plâng și o țin așa pentru o bună perioadă, până îmi seacă toate lacrimile și rămân doar suspinele. Îmi ridic privirea, dar vederea mea e atât de proastă, încât am impresia că-mi joacă feste. Nu era vocea inimii mele frânte.

Alek nici măcar nu clipește și are cute adânci între sprâncene.

— Visez? îl întreb. Visez toată durerea asta, nu? E un coșmar. Trebuie să fie, încerc să mă asigur.

Buzele lui Alek se lipesc într-o linie subțire și clatină din cap.

— Hannah…

— Nu, nu poate fi real, mă răstesc la el.

Își retrage brațele din jurul meu și îmi ia pantofii pe care încă îi car după mine, apoi mă ia de mână.

— Haide cu mine, îmi vorbește blând, cum îi vorbești unui copil.

Dar nu-l urmez. Cad în genunchi și îl trag brusc înapoi, ceea ce îl face să se oprească. Îmi așez palmele pe genunchii goi și mă pierd cu privirea în depărtare. Alek se lasă pe vine, apoi cade și el în genunchi numai de dragul meu. Mă strânge din nou în brațe, dar eu nu pot nici măcar să mă mișc.

— Vreau să mor, șoptesc cu fața îngropată la pieptul lui.

— Știu, mă liniștește, mângâindu-mi părul. Dar promit că n-o să te las.

Mă agăț de promisiunea lui, deși inima mea se frânge puțin câte puțin de fiecare dată când respir.

N-o să mă lase.

N-o să mor.

N-o să mă lase.

Două cuvinte

Trei luni, două săptămâni și cinci zile.

Nu că aș ține socoteala sau ceva de genul ăsta, dar atât a trecut de la ultima dată de când l-am văzut pe Malakai. Atât a trecut din seara aia. Nu e ca și cum nu am încercat să mai vorbesc cu el, dar a refuzat de fiecare dată. Pentru o perioadă, Seth l-a forțat să se interneze din nou și m-a luat cu el de câteva ori, dar Malakai nici măcar nu a vrut să audă de mine, iar medicii de acolo au considerat că nu ar fi fost înțelept să nu fie anunțat de prezența mea. O- dată, am încercat să îl văd fără Seth și așa am aflat că a trecut numele meu pe lista persoanelor cărora le este interzis să îl viziteze. Acum o lună, Seth a decis că poate l-ar ajuta mai mult dacă ar sta acasă, pentru că internarea părea doar să îl înstrăineze și mai tare. Porțile de la conac sunt mereu închise și până și Seth a ajuns la concluzia că mai bine ar fi să renunț.

Nu știu dacă așa e cel mai bine pentru mine sau pentru Malakai, dar am decis ca, în cele din urmă, să-l ascult. Să-i ascult pe cei din jurul meu, de altfel, nu doar pe Seth. Pe Alek, care e un pachet de nervi când vine vorba de Malakai. Pe bunica, căreia i-am povestit aproape tot ce s-a întâmplat și, deși a încercat să-și păstreze optimismul, îmi dau seama că nu vede vreun final fericit la toată povestea asta. Pe Parker, care a încercat să fie alături de mine. Pe mama, care a aflat totul de la Parker și m-a sunat zilnic să se asigure că nu o să mă sparg în bucăți mai tare decât am făcut-o deja.

Nu a devenit mai ușor și nu știu dacă asta o să se întâmple vreodată sau dacă o să fiu nevoită să trăiesc cu golul ăsta pe care-l simt înăuntru o viață întreagă.

— Ce-ai făcut cu banii?

Vocea lui Alek mă aduce cu picioarele pe pământ. Stă lăbărțat pe scaunul de la birou, cu mâinile încrucișate sub cap și se mai rotește din când în când.

— I-am dat lui Seth, îi răspund, în timp ce continui să-mi împachetez hainele.

S-a dovedit că mătușa lui Malakai nu l-a mințit. Mi-a transferat o sumă de bani în fiecare lună, deși nu știu de unde a făcut rost de contul meu. Deși adevărul e că nu sunt prea surprinsă. Mătușa lui Malakai pare capabilă de orice, inclusiv de a distruge vieți și mi-a demonstrat asta. N-am înțeles nici acum de ce, pur și simplu, nu și-a ținut gura. Ce a vrut să obțină spunându-i lui Malakai de banii de care eu oricum nu știam? Pe care nici nu i-am cerut și nici nu i-am acceptat. Părea fericit și a decis că nu-i convine asta? Părea stabil pentru prima dată după mult timp și nici asta nu i-a plăcut?

— I-am dat toți banii lui Seth, repet. Mi-a promis că o să-i dea Ameliei. Singurul lucru pe care-l voiam e să nu îi am. De aici încolo, chiar nu mă interesează ce face cu ei.

— Puteai să-i păstrezi.

Aștept să se oprească din rotit ca să-mi întâlnească privirea nervoasă.

— Nu vreau nimic de la ei, pufnesc. Cu atât mai puțin de la Amelia și cu atât mai puțin bani.

Alek dă din cap și își arcuiește sprâncenele.

— De asta nu l-ai deschis nici acum? Pentru că nu vrei nimic de la ei? Nici măcar de la Malakai?

Oftez și încerc să-mi ascund tremuratul mâinilor. Așez hainele pe care le-am împăturit peste celelalte și mă îndrept spre dulap, ca să le iau pe cele rămase.

Aș putea să trag de timp și să mă prefac că nu am nici cea mai mică idee despre ce vorbește, dar am mai avut discuția asta de câteva ori în ultimele luni. Seth mi-a adus cadoul pe care mi l-a dat Malakai de ziua mea și stă și astăzi pe birou, exact așa cum mi l-a adus. Ambalat și la mare distanță de mine.

— Nu, nu-i vorba de asta. Doar că... nu cred că sunt pregătită încă, recunosc.

Alek oftează atât de adânc, încât îl aud, în ciuda distanței dintre noi. Nu o să îi pot mulțumi niciodată pentru tot ce a făcut pentru mine. Mergea acasă în acea seară în care m-a găsit alergând pe străzi și a rămas cu mine. A continuat să o facă în fiecare zi, fără să îmi pună întrebări, fără să mă preseze. Doar că s-a schimbat ceva la el și nu mă lasă niciodată să deschid subiectul. Nu mai zâmbește la fel de mult. Râde din ce în ce mai rar. Nu mă mai ia peste picior aproape niciodată. E aici, dar mintea lui e mereu în altă parte.

– Cred că ar trebui să-l deschizi, Hannah. Orice ar fi, sunt sigur că Malakai și-a dorit să îți aparțină.

Zâmbesc amar. Cine știe ce și-ar dori Malakai?

Nu-i răspund. Mi-am încleștat dinții atât de tare, încât mă dor. Aproape toate lucrurile mele sunt împachetate și mă doare inima când arunc o privire prin cameră și văd golul pe care îl voi lăsa în urma mea. Nu am venit cu prea multe lucruri și nici nu am cumpărat altele între timp, dar tot simt că o să rămână un gol în urma mea. Știu că bunica deja îl simte, deși încă sunt aici.

Credeam că o să mai rămân aici cel puțin un an, însă atunci lucrurile stăteau altfel. Atunci îmi făcusem planuri împreună cu Malakai. Însă acum școala s-a terminat, iar el nu vrea să mai aibă nimic de-a face cu mine. Nu pot să rămân într-un loc în care el e atât de aproape, dar atât de departe, absent și prezent non-stop. Știu că, în ciuda faptului că nu vreau, nu o să mă pot îndepărta niciodată de el complet. Nu o să-i pot uita niciodată numele. Și nici nu vreau. Dar simt nevoia să pun o oarecare distanță între noi. Distanță la care el a recurs de mult.

– La ce oră vin să te iau?

– Ți-am mai spus că...

— Că nu e nevoie, mă întrerupe Alek, ridicându-se. Că nu sunt obligat. Că nu îți sunt dator cu nicio favoare. Că îmi ești recunoscătoare.

— Bine, bine. Am înțeles. Dar îți amintesc că o să-ți întrerupi somnul de frumusețe.

— Sunt deja frumos, râde și se așază pe pat, lângă valiza în care-mi îngrămădesc hainele. Deci?

— La cinci.

Nu-l pot opri să mă ducă la aeroport și nici nu mai încerc s-o fac. I-a intrat în cap că trebuie să fie îngerul meu păzitor și am o vagă impresie că nu o să fim doi oameni care vor uita unul de celălalt imediat ce nu mai locuiesc în apropiere.

— Te așteaptă cineva?

— O să mă ia mama de la aeroport. Parker lucrează, dar a promis că încearcă să ajungă acasă mai repede ca să ieșim să luăm cina.

— Pari... bucuroasă.

Mă privește suspect. Ridic nevinovată din umeri. Spre surprinderea mea, chiar sunt bucuroasă. Nu așa cum eram de fiecare dată când mă gândeam că urma să îl văd pe Malakai sau că aveam planuri împreună. E un soi diferit de fericire, bine-venită și surprinzătoare. Voi locui cu mama. Un an întreg, voi locui cu mama până voi pleca la facultate și deja știu ce vreau să studiez, iar Parker mi-a promis tot sprijinul său.

Nu l-am putut ajuta pe Malakai, dar asta nu mă oprește să încerc să ajut alți oameni. Vreau din tot sufletul să devin psihiatru și o să fac tot ce e nevoie ca să ajung acolo.

— Chiar sunt, îi răspund în cele din urmă. Pentru prima dată în câteva luni, simt cum nu mi se mai frânge inima și poate că e un lucru bun. Am nevoie să fac asta.

— Mă bucur pentru tine, Hannah. Dar dacă mă uiți, o să te găsesc, să știi.

— Și ce-o să-mi faci?

Rânjește și se ridică, apoi se apropie de mine și mă sărută pe frunte. Îmi amintește de Malakai de fiecare dată când face asta, dar e atât de diferit. Malakai o făcea ca să-mi amintească poate că au existat momente în care poate chiar m-a iubit. Alek o face ca să-mi amintească mereu că orice ar fi, o să fie întotdeauna alături de mine.

— Lucruri scandaloase.

— O, sunt sigură. Te aștept în vizită.

Îmi dau ochii peste cap.

— Ne vedem dimineață.

Îl îmbrățișez, apoi îl las să plece. Îmi păstrez discursul de mulțumire pentru mâine dimineață, sperând că voi putea atribui ochii înlăcrimați pe lipsa somnului.

Un sfert de oră mai târziu, așez ultimele haine în geamantan și îl închid. Cobor să o ajut pe bunica să pregătească cina și-mi petrec restul serii cu ea. Îi amintesc cât de mult o iubesc și îi mulțumesc pentru că n-a încetat niciodată să fie extraordinară, dar în cele din urmă nu o pot îmbrățișa la infinit și sunt nevoită să mă întorc în camera mea goală.

Trec cu bine peste majoritatea zilelor. Sau asta am făcut până acum, dar în cele din urmă sunt tot singură și am momente în care parcă nu mai pot respira și mă sufoc sub presiunea greutății pe care o simt în piept.

Amintirile. Nimic nu îmi provoacă mai multă durere. Îmi tot amintesc ziua în care a avut acel accident. Ziua în care l-am întâlnit. Sper ca într-o zi să uit, pentru că nu știu cât o să pot rezista să-mi aduc aminte fiecare cuvânt pe care mi l-a spus. Fiecare zâmbet. Fiecare expresie și trăsătură a feței sale.

Nu mi-am dorit niciodată asta. Nu mi-am dorit niciodată să mă îndrăgostesc, să devin vulnerabilă și să am pumnul unei alte persoane încleștat în jurul inimii mele. Mi-e dor de el. Mi-e dor de el cu fiecare particulă din ființa mea. Și poate că Malakai nu o să își amintească vreodată lucrurile pe care eu nu le voi uita niciodată. Poate pentru el nu a fost la fel. Dar nu o să spun niciodată că mi-aș dori să nu-l fi cunoscut. Mi-am dorit să încetez să mai respir în acea seară și să mor doar ca să nu mai simt atât de multă durere? Da. Însă n-am murit și nu-mi rămâne nimic altceva de făcut decât să merg mai departe și să sper că într-o zi o să pot zâmbi dacă o să-i aud numele. Pentru că, momentan, toți fluturii pe care i-am simțit în stomac se transformă în lacrimi ori de câte ori mintea mea îi șoptește numele.

Îmi fac curaj și iau cutia de pe birou, apoi mă așez pe pat, cu picioarele încrucișate sub mine. Pot să fac asta. Trebuie să fac asta. Închid ochii, inspir adânc și rup ambalajul fără să mă uit la el. E o cutie cu capac, din catifea neagră. Durerea pe care o simt în piept îmi provoacă o grimasă, dar găsesc curajul necesar să îndepărtez capacul. Un borcan uriaș. Zâmbesc, deși am lacrimi în ochi. Nu știu ce a fost în mintea lui Malakai, dar cred că sunt pe cale să aflu.

E un borcan atât de mare, încât nu-l pot cuprinde între mâini. Văd tot felul de foițe colorate împăturite înăuntru și, când îl rotesc, văd că Malakai a lipit o foaie pe el. Scrisul lui e neglijent, dar nu indescifrabil.

Nu trișa, Anna. Știu că ești tentată, dar dacă mă iubești, n-o s-o faci. Știm amândoi că sunt mai bun decât tine la matematică, așa că dacă rămâi fără notițe înainte de ziua ta, înseamnă că ai trișat – în niciun caz calculele mele nu sunt greșite.

Cele galbene sunt citate. Cele roșii sunt lucruri pe care vreau să le facem într-o zi. Cele verzi sunt motive care m-au făcut să rămân în viață. Cele albe sunt cu lucruri care îmi aduc aminte de tine, iar cele negre... sunt cu melodii care mă duc cu gândul la tine.

Știu că n-o să fiu mereu ca acum, dar partea asta din mine există. Cea care te iubește. N-o lăsa pe cealaltă să te îndepărteze.

- Malakai

P.S.: La mulți ani!

Plâng din nou. Asta este unul dintre motivele pentru care nu am vrut să deschid cadoul de la Malakai. Pentru că știam că o să-mi provoace lacrimi, combinate cu durere și sentimente mixte, tocmai acum, când mi-am dat o șansă să trec mai departe și mi-am permis să respir din nou.

O să îi îndeplinesc dorința și nu o să trișez, deși au trecut multe zile de atunci și am rămas în urmă. Așa că scot capacul și îmi strecor mâna, răscolind notițele. Vreau să le găsesc pe cele verzi, cu motive care l-au făcut să rămână în viață, dar nu găsesc decât una singură și simt cum o iau de la capăt - nu mi se frânge inima, ci bucățile care deja s-au sfărâmat. Însă știu că nu pot da înapoi. Trebuie să plec. Să-mi duc decizia până la capăt. Indiferent de ce scrie pe acea bucată de foaie, nu schimbă cu nimic acțiunile lui Malakai din ultimele luni. Iar el nu vrea să mă mai vadă.

Scot foaia cea verde, așez borcanul lângă mine și o despăturesc.

Două cuvinte:

Hannah Sanders

Ce puteam să cer mai mult?

Îmi doream să fiu fericită alături de Malakai.

Îmi doream ca, în ciuda tuturor obstacolelor care au stat în calea noastră, să fi găsit o posibilitate să trecem peste.

Îmi doream să fi îmbătrânit împreună, să fi ajuns să ne uităm în urmă amândoi şi să râdem de cât de tineri şi naivi eram.

Însă nu aşa s-a întâmplat.

Şi iată-mă aici, nici pe departe bătrână şi poate mai puţin naivă. Poate. Şi doar puţin.

Din fericire, oamenii au învăţat să nu mă mai întrebe nimic ce are legătură cu Malakai. Nu mă mai întreabă nimeni dacă îi simt lipsa sau dacă mă mai gândesc la el, dar dacă ar face-o, răspunsul ar fi: *în fiecare zi.*

Nu e un lucru pe care vreau să-l fac. Nu mă trezesc dimineaţa cu gândul că astăzi e o zi minunată să-mi fie dor de Malakai. Dar e acolo, prezent într-un colţ al minţii mele. De fapt, e mai mult de atât.

E prezent într-un colț al inimii mele şi ştiu că nu o să dispară niciodată. Bucățica aia de inimă, oricât de mică, nu o să-mi mai aparțină. Niciodată. Nici astăzi, nici peste cinci ani şi nici măcar atunci când mă voi îndrăgosti de altcineva. Dacă voi mai iubi o dată sau de zece ori, partea aia mereu îi va aparține lui Malakai.

Pentru. Totdeauna.

Şi am făcut pace cu gândul ăsta.

Îmi doream să fiu fericită. Îmi doream să fiu fericită alături de Malakai, dar dacă nu am putut să fiu fericită alături de el, asta nu înseamnă că nu am găsit o cale să fiu fericită şi în absența lui.

Dar fericirea e fragilă şi are gusturi diferite. *Fericită cu Alek* nu are acelaşi gust ca *fericită cu Malakai.* E diferit. E dulce. E bine.

Și nu, nu e acel gen de fericire. Nici acel fel de iubire. Țin la Alek, dar nu aş putea niciodată să-l iubesc așa cum l-am iubit pe Malakai. N-aş putea să iubesc niciodată pe altcineva la fel și, deși au trecut doi ani, uneori încă mă îngrozeşte gândul ăsta.

Am refuzat să locuiesc împreună cu mama și cu Parker - am preferat să fiu colega de apartament a lui Alek. Mă concentrez pe studii și iau fiecare zi așa cum e - cu bune și cu rele. Uneori, mai vorbesc cu Seth. Alek vorbeşte cu el mai mult decât mine. Așa am aflat că deasupra celor trei linii de pe încheietura lui a apărut cea de-a patra - o linie pe care Malakai și-a făcut-o cu gândul la mine.

Îmi amintesc cuvintele lui Malakai: *câte una pentru fiecare persoană importantă pe care am pierdut-o.*

Altădată, aş fi fost de-a dreptul îngrozită de acest gând, dar acum sunt doar... împăcată. Pot să trăiesc cu gândul că acum nu reprezint nimic altceva pentru Malakai decât o linie în jurul încheieturii sale. Prefer asta decât să fi aflat că Malakai s-a pierdut - că s-a pierdut pe el, în colțurile întunecate ale minții sale.

Sunt zile în care mă gândesc că poate mai era ceva ce aş fi putut face, ceva mai mult, mai util, mai... Dar ştiu că gândurile astea nu-şi au niciun rost. Malakai avea nevoie de ajutor, iar eu am făcut tot ce putea o adolescentă să facă. Poate că Parker avea dreptate, iar condiția lui Malakai doar s-ar fi deteriorat dacă nu ar fi primit ajutor. Poate că ar fi devenit violent - fizic sau verbal -, dar mă bucur că nu am mai fost acolo ca să aflu.

Nu aşa vreau să îmi aduc aminte de el.

Şi nu o fac.

Nu mă gândesc - nu prea des, oricum - la ultima seară pe care am petrecut-o împreună. Mă gândesc doar la acel Malakai care mă iubea şi căruia nu îi era frică să o arate.

— Ai nevoie de ajutor?

Alek intră în bucătărie şi-mi aduce aminte că am venit aici ca să scot desertul din frigider. Îmi ia câteva secunde să-l studiez, lucru pe care îl fac destul de des. Şi nici măcar nu mă deranjez să o ascund. Prietenele mele mi-au spus că sunt sărită de pe fix - da, am reușit să-mi fac prietene la facultate; cine ar fi crezut? - pentru că locuiesc împreună cu Alek, dar nu formăm un cuplu. Nu m-am deranjat să le explic. E prea mult. Prea complicat. Prea intim.

Dar, da. Au dreptate. Probabil că sunt sărită de pe fix. E i-m-p-o-s-i-b-i-l să nu te îndrăgostești de Alek.

— Nu, mulțumesc.

Se așază pe un scaun și își fixează privirea asupra mea.

— Ce-i?

Aproape mă răstesc la el, dar urăsc când face asta. Când mă cercetează cu ochii lui nici verzi, nici gri și când își arcuiește o sprânceană și își trece limba peste buza de sus, de parcă ar vrea să spună ceva, dar nu e sigur că ar trebui s-o facă.

— Am o veste.

Dintr-odată, tăiatul tortului nu mi se mai pare atât de interesant.

— Bună sau proastă?

Ridică din umeri.

— Alek?

Izbucnește în râs.

— Calm, Hannah. Cred că e o veste bună.

Îmi dau seama că mi-am ținut respirația. Că mintea mea a fugit imediat la Malakai și că am început să-mi fac o mulțime de scenarii pe care nu le-aş admite niciodată. Şi poate că ăsta este unul dintre motivele pentru care sunt singură - Malakai e încă prezent și nimeni nu merită să fie într-o relație cu cineva care nu este implicat sută la sută. Şi în niciun caz Alek. Pentru că el merită tot ce e mai bun, iar eu nu o să fiu niciodată suficient de bună pentru el. Nu aş putea să-l iubesc niciodată așa cum merită.

– Deci?

– Deci, inhalează adânc, mi-am terminat romanul.

Deschid gura, dar nu iese niciun sunet. Nu găsesc cuvinte care să exprime ce simt acum, așa că încep să țopăi ca un copil și înconjur masa cât ai clipi. Sar în brațele sale și îl îmbrățișez cât pot de strâns.

– Era și cazul, nu crezi?

Îl tachinez, dar mă bucur atât de tare, încât efectiv nu pot să exprim asta în cuvinte. E prea mult. Și jur că o parte din mine se simte de parcă e romanul meu. Și poate că sunt îndreptățită, ținând cont de faptul că am contribuit la scrierea lui cu multe nopți albe, cu multe cești de cafea și cu suport moral la orice oră. Asta, plus discursurile din momentele în care Alek voia să șteargă tot ce a scris. Acum mai rămâne doar să îl trimită la o editură, dar, din fericire pentru el, deja am început să caut un agent literar. Pentru că am încredere în el. Pentru că știu că îi curg cuvinte prin vene.

— Acum pot să șterg tot ce am scris?

Mă retrag și îi dau un pumn în umăr.

— Doar dacă vrei să divorțăm.

Îl ameninț cu degetul arătător, ceea ce îi stârnește râsul. Se apleacă și caută ceva în ghiozdanul pe care l-a aruncat pe jos.

— La mulți ani, Hannah! îmi urează, în timp ce îmi întinde un plic.

Îl deschid și arunc o privire înăuntru. Zâmbetul care mi se întipărește pe chip e larg cât casa.

— Serios?

Îmi ridic sprâncenele mirată.

— Aștept să mă desființezi.

Este pentru prima dată când îmi oferă romanul în întregime. Până acum, am primit doar fragmente sau capitole.

— Mulțumesc!

Se ridică, apoi face un pas spre mine și mă sărută pe frunte.

— Sunteți bine? Mama stă în tocul ușii și își plimbă privirea de la unul la celălalt. Hannah! Nu pot să cred! Trebuia să îți cântăm la mulți ani și să îți pui o dorință!

O privesc cât pot de inocent.

— La anul, o asigur. Momentan, nu-mi doresc nimic.

Îmi imaginez că Parker nu ar fi de acord cu mine. Probabil, mi-ar spune că mă tem de ceva, că nu vreau să mai visez, că mă tem să mai am așteptări. Și poate că ar avea dreptate.

Sau poate că nu-mi doresc nimic.

Poate că, pur și simplu, atunci când m-am așteptat cel mai puțin, mi-am dat seama că sunt fericită. Malakai a fost... o experiență dureroasă, peste care nu credeam că o să reușesc să trec vreodată. N-am crezut că o să mai pot să respir vreodată fără să simt greutatea unui elefant pe piept. Și am avut nevoie nu de minute, nu de zile și nu de luni... ci de ani.

Am avut nevoie de ani ca să-mi dau seama că, în cele din urmă, te trezești într-o zi că ești în stare să zâmbești din nou și că, deși nu te așteptai, e un zâmbet real. În timp ce îți faci cumpărăturile, în timp ce iei notițe la un curs, în timp ce gătești ceva sau în timp ce asculți piesa ta preferată la radio - o să zâmbești.

În cele din urmă, Malakai poate că m-a pierdut pe mine, dar s-a recâștigat pe el.

Ce puteam să cer mai mult?

Iar în ceea ce mă privește...

Într-o zi, chit că îmi era dor de el, am zâmbit.

Epilog

MALAKAI

— Știu că sperai să vin mai repede, dar n-am putut. Vezi tu... Anna... Problema cu durerea e că vine în valuri și am avut nevoie de timp să învăț cum să înot. O perioadă, am crezut că am făcut-o... că am învățat, dar tocmai atunci când nu mă așteptam, venea un val mult puternic decât cel de dinaintea lui și aveam impresia că o să mor. Apoi, pluteam în derivă și cred că singurul lucru care mă împiedica să mă scufund era amintirea ta.

Îmi sprijin mâna de piatra rece. Am atât de multe lucruri să-i spun și, deși în mintea mea haosul e mai puțin decât de obicei, tot mi-e greu să-mi găsesc cuvintele.

— N-am avut niciodată șansa să-mi iau rămas-bun de la tine, îmi dreg glasul. Și nu pentru că tu n-ai fi încercat, pentru că... al naibii să fiu dacă am cunoscut vreodată o persoană care să lupte mai mult decât tine, Anna. Ai luptat pentru mine acum câțiva ani, când am vrut doar să mor. Apoi, ai continuat să lupți în fiecare zi, deși am făcut tot posibilul să te îndepărtez. Ai luptat și ai luptat. Pentru că ai vrut să mă salvezi. Pentru că m-ai iubit. Pentru că n-ai fost niciodată genul de persoană care se dă bătută pur și simplu, nu-i așa?

Înghit în sec. Degetele mi se încleștează pe piatră. Am avut nevoie de mai bine de jumătate de an să-mi fac curaj să vin să o vizitez. Și nu pentru că ea nu și-ar fi dorit, deoarece știu că ăsta e singurul lucru pe care și l-a dorit în ultimii ani, ci pentru că eu n-am avut curaj. Sunt lașul care am fost întotdeauna.

— La început, când am aflat, îți jur că m-a aruncat fix în mijlocul oceanului și-am crezut că o să mor. Îmi doream să o fac, dar știam că nu asta ți-ai fi dorit. Așa că am stat acolo pentru o perioadă, zile, luni. Apoi, mi-am dat seama că trebuia să-mi caut drumul spre țărm, deși nu mă mai aștepta nimeni acolo. De fiecare dată când credeam că mă apropii de țărm, mă trezeam aruncat din nou în mijlocul oceanului. Am învățat să trăiesc cu asta. Lunile treceau și mi-am dat seama că acolo o să mă trezesc mereu. Uneori, în mijlocul nopții, în timp ce am impresia că ești lângă mine, alteori, chiar în mijlocul zilei, în timp ce îmi beau cafeaua sau pur și simplu merg pe stradă și cineva seamănă cu tine. Nu cred că o să se sfârșească vreodată... Toată durerea. Nu cred că o să dispară vreodată golul ăsta pe care-l simt în piept și partea ciudată e că nici nu vreau. Vreau să-l simt și să-mi amintesc de tine, pentru că e singurul care mă împiedică să mă scufund.

Picioarele nu-mi mai pot susține greutatea și îmi tremură genunchii. Mă las în genunchi, pe pământul rece și dur.

Hannah Sanders

Închid ochii, incapabil să-i mai privesc numele încrustat în piatră. Anna are aproape jumătate de an de când e alături de părinții mei - sau acolo sper să fie -, iar eu abia astăzi mi-am făcut curaj să vin și să îi spun toate lucrurile pe care ar fi trebuit să i le spun în urmă cu câțiva ani. Sau pe care credeam că ar trebui să i le spun, dar care acum nu mai contează. Ea nu mai e aici să le audă și nu ar ajuta cu nimic.

Ar fi trebuit să o opresc atunci. Să n-o las niciodată să plece, dar măcar eram conștient de un singur lucru la vremea aia - o răneam și aș fi continuat să o fac în continuare, iar ea nu s-ar fi îndepărtat niciodată de bunăvoie. În seara în care ne-am certat, am avut una dintre multele mele căderi nervoase și știam că nu o să mă opresc acolo.

Anna avea dreptate. Trebuia să învăț să lupt pentru mine, măcar un sfert din cât a făcut-o ea, și poate aș fi avut o șansă la o viață relativ normală. Și asta am făcut în fiecare zi de atunci. Am continuat să lupt pentru mine, să înot și să încerc să-mi amintesc că există o lumină la capătul tunelului, indiferent unde s-ar afla acel capăt.

— N-o să înceteze niciodată să mă doară, pentru că știu că nu o să încetez niciodată să te iubesc.

Îmi aprind o țigară și îmi lipesc fruntea de piatră.

Seth a fost cel care mi-a dat vestea în urmă cu șase luni. Anna mergea acasă în weekend și s-a prăbușit cu mașina într-un lac după ce un șofer a pierdut controlul volanului și a intrat în ea. Ar fi trebuit să fiu eu, nu ea, dar în viață rareori primim ceea ce merităm.

Eu ar trebui să mă aflu acum la câțiva metri sub pământ, deși negrul nu prea a fost niciodată culoarea ei. Dar ar fi purtat-o o perioadă, apoi viața ei ar fi revenit la normal.

— Știi care-i cea mai ciudată parte, Anna? Și ăsta e un lucru pe care l-am aflat încă de când au murit ai mei... Că lumea asta nenorocită nu se oprește nici măcar pentru o secundă. Nu-ți dă timp să suferi, să jelești și să înveți cum să trăiești cu pierderea cuiva. Chiar dacă tu nu ai nici cea mai mică idee cum să trăiești în continuare, nu-i pasă. Nu-i pasă că nu găsești nici măcar un motiv să te ridici dimineața din pat sau că vrei pur și simplu să înceteze. Ar fi trebuit să îți spun atât de multe lucruri... Dar nu toate contează, Anna. Singurul care contează e... *mulțumesc*. Mulțumesc pentru că ai fost tu și pentru că ai luptat până în ultima clipă.

Sunt conștient de faptul că eu am pierdut-o pe Anna cu mult timp înainte, dar asta nu face pierderea ei mai puțin dureroasă. A fost singura persoană care a luptat pentru mine atunci când lumea mea era cu capul în jos, iar uneori nici măcar nu mai puteam să gândesc clar din cauza haosului din mintea mea.

Și am iubit-o.

Doamne, cât am iubit-o, dar iubirea câteodată nu e de ajuns. Nu când demonii din mintea ta reușesc să înghită fiecare strop.

— Malakai, îndată ai trei ore de când stai aici și începe să plouă.

Alek își așază mâna pe umărul meu și mă strânge ușor, apoi o îndepărtează. Mă ridic cu greu și sting țigara sub bocanc. Știu că și el a iubit-o. Și poate că atunci nici eu nu mi-am dat seama de lucrul ăsta, dar e amuzant cât de clar poți să vezi lucrurile când mintea ta nu mai plutește într-o ceață atât de densă, încât ai putea s-o tai cu un cuțit. A fost alături de ea atunci când eu am fost prea pierdut în nebunie ca s-o pot face. Știu că s-au mutat împreună când Anna a început facultatea, dar n-am întrebat niciodată mai mult. Nu vreau să știu. Nu o condamn pentru că și-a continuat viața, iar lui nu-i port nicio urmă de pică. Mă cunosc suficient de bine încât să știu cât de dificil e pentru cineva să se afle în preajma mea.

— Mulțumesc, îi spun ceea ce ar fi trebuit să-i spun de mult.

Nu-mi răspunde și nici nu mă întreabă pentru ce îi mulțumesc, ci doar încuviințează și zâmbește cu privirea fixată asupra pietrei de mormânt. Alek a fost mai distrus decât mine. Eu am început să o pierd pe Hannah cu mult înainte. Am pierdut-o puțin câte puțin de fiecare dată când mintea mea nu mai funcționa așa cum ar fi trebuit. Nu înseamnă că nu am iubit-o, că nu m-a distrus să o pierd, ci doar că el a avut mai mult de pierdut decât mine.

— Ar râde de noi și ne-ar spune că suntem fraieri, râde sec.

Zâmbesc și eu.

Nu-mi iau rămas-bun. Nu-mi iau rămas-bun, pentru că am de gând să mă întorc.

Alek se îndepărtează, dar eu mai rămân câteva secunde până când începe să plouă şi decid să nu-l mai fac să aştepte.

— Seth a spus că a găsit un apartament, îmi spune după ce urc în maşină.

Fac o grimasă. Seth nu mă lasă nesupravegheat prea mult timp și mă simt vinovat pentru asta. Nu înțelege că nu mai sunt cel care eram în urmă cu câțiva ani. Nu înțelege că odată, demult, a apărut o fată care m-a făcut să vreau să trăiesc pentru ea, apoi să lupt pentru mine atunci când ea n-a mai fost - pentru că asta și-ar fi dorit. Și am iubit-o atât de mult, încât, dacă aş fi fost o persoană normală, aş fi făcut orice pentru ea.

În schimb, i-am frânt inima și trebuie să trăiesc cu asta pentru toată viața.

— Te-a iertat, mormăie Alek, când vede că nu spun nimic. Te-a iertat cu mult, mult timp în urmă, Malakai. Ar fi fericită dacă te-ar vedea acum.

Simt cum mi se rupe nenorocitul de piept în două. Pentru că nu poate să mă vadă acum. Pe niciunul dintre noi.

— Poate, ridic din umeri.

— Mi-a lăsat să-ți dau ceva.

Nu-mi spune ce, deşi îl întreb de câteva ori până ajungem la apartamentul lui. Nu am curaj să intru, aşa că îl aştept în maşină. Nu pot să mă plimb în apartamentul în care a locuit Anna împreună cu Alek. Îmi cunosc limitele, iar asta e prea mult pentru mine în momentul ăsta. Poate că, de fapt, e prea mult și pentru Alek și tocmai ăsta este unul dintre motivele pentru care vrea să se mute împreună cu mine și cu Seth. Știu că deja i-a ambalat toate lucrurile și că are de gând să i le trimită mamei sale, care locuiește în oraș.

Alek se întoarce zece minute mai târziu, timp în care fumez vreo patru țigări și întinde spre mine o cutie la fel cu cea pe care i-am dăruit-o de ziua ei, cu mult timp în urmă. Pare o veșnicie.

Și nu ar trebui să o deschid ca să știu că Anna mi-a făcut un borcan la fel.

— Mergem să vedem apartamentul?

Încuviințez, iar Alek pornește mașina și ne îndreptăm spre locul în care trebuie să ne întâlnim cu Seth.

Pe seară, ies pe acoperișul clădirii în care locuiesc momentan împreună cu Seth și îmi desfac cadoul.

Nu trișa, Kai. Știu că ești tentat, dar dacă m-ai iubit vreodată, n-o s-o faci. Poate că matematica n-a fost mereu punctul meu forte, așa că dacă rămâi fără notițe înainte să se împlinească un an din momentul în care primești asta, înseamnă nu că ai trișat, ci că da... am calculat eu greșit.

Cele galbene sunt citate. Cele verzi sunt motive pentru care te-am iubit. Cele albe sunt cu lucruri care îmi aduc aminte de tine, iar cele negre... sunt cu melodii care mă duc cu gândul la tine.

– Anna

Le-a scos pe cele roșii, cu lucruri pe care speram să le facem împreună într-o bună zi. Nu știu dacă asta înseamnă că Anna a încetat să creadă că ne vom reîntâlni sau că a încetat să spere, dar nu contează. Desfac capacul și scot una dintre cele verzi:

Pentru că alături de tine mă simțeam acasă.

Și eu, Anna.

Tu erai acasă.

Sfârșit

Notă

Povestea lui Malakai și a Annei nu a fost doar o poveste de dragoste. Pentru mine a fost o poveste despre supraviețuire. Despre speranță.

Nu e nicio rușine să cerem ajutor, dacă avem nevoie de el. Nu e umilitor nici să acceptăm ajutor, nici să îl cerem sau să-l oferim. Nu suntem niciodată singuri. Întotdeauna, o să găsim pe cineva cu care să vorbim, dispus să ne asculte și să ne ajute - trebuie doar să vrem asta.

Depresia și bolile mentale sunt, din păcate, tratate cu superficialitate de cele mai multe ori. Dar nu e o glumă. Viața noastră nu e o „tărășenie". Nici a mea, nici a voastră. A nimănui. Cereți ajutor, dacă aveți nevoie de el și, deși e greu de acceptat, uneori cel mai în măsură să ofere ajutor e o persoană adultă.

Ați crezut în Malakai. Știu că ați făcut-o, măcar pentru o secundă. Așa că aveți încredere și în voi. O secundă azi, un minut mâine. Pentru că, în final, nu romantismul meu incurabil l-a salvat pe Malakai. Nu iubirea pe care i-a purtat-o Hannah. Malakai a reușit să iasă din tot întunericul pentru că a vrut, în cele din urmă, să fie ajutat, iar Hannah a fost o lecție de viață. Și, de cele mai multe ori, ne învățăm lecțiile pe calea cea grea.

Cât despre Hannah... Tind să îi dau dreptate unei cititoare, care a spus că *pe tot parcursul cărții, Anna a fost pentru mine asemenea unei lumânări și acum îmi dau cu adevărat seama și de ce: a ars până s-a stins.*

BOOKZONE